SOBRENATURAL

Sobrenatural

El chan del agua,
La noche del nahual y El juego del tarot

José Alfredo Alba

Editorial Autores Latinos
Mesa, Arizona | 2017

Primera Edición | First Edition

Editorial Autores Latinos
PO Box 50553
Mesa, AZ 85208
hisi.org

Book and cover design by Yolie Hernandez

Sobrenatural: El chan del agua, La noche del nahual y El juego del tarot / José Alfredo Alba —1st ed.

pp. 191

ISBN-13: 978-1-936885-24-4

Printed in the United States of America.

ÍNDICE

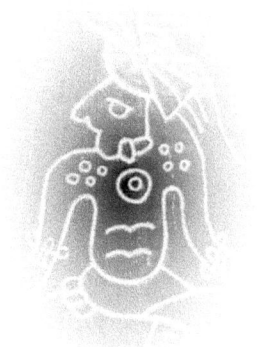

EL CHAN DEL AGUA

CAPÍTULO I

Transcurría el año 1200. Los pueblos nahuatlacas se encontraban esparcidos por toda la antigua Aztlán. Eran comunidades que se regían por sí solas, ya que cada una de ellas tenía su propio gobernador, el cual era dictador absoluto de las normas y reglas de cada una de estos poblados. Después del gobernador estaban los sacerdotes en el siguiente escalón del poder. Ellos contaban con el apoyo incondicional del gobernador, ya que siendo los que predecían y auguraban el bienestar de la comunidad contaban con un alto estatus en estas sociedades. Entre las actividades económicas se encontraban la caza, la pesca y la agricultura; la fauna era abundante. Los ríos y lagunas, con aguas claras y limpias, lo cual hacía que la pesca fuera, por demás decirlo, generosa. Las tierras casi vírgenes brindaban bastantes frutos, por lo que vivir en estas tierras era una experiencia extraterrenal relativamente fácil y amena, ya que dadas las condiciones que ahí se brindaban, era comparable con vivir en un paraíso terrenal. La vegetación era exuberante y generosa con diferentes matices del color verde, que oscilaban desde un verde oscuro hasta el verde más claro y brillante. Los arboles presumían diferentes colores y tipos de flores, desde orquídeas y buganvilias desde un rojo muy intenso hasta un amarillo brillante. Aun las altas palmeras presumían en lo alto aromáticas flores que eran el deleite de colibríes y abejas. Los campos cubiertos por amapolas y girasoles semejaban una estética pintura diseñada por el más ilustre pintor de todos. En lo alto de los arboles los tejones satisfacían su hambre con un sinnúmero de frutas que encontraban a su paso mientras que, más abajo, los venados y conejos esperaban que estos dejaran caer las mismas para así también ellos satisfacer el hambre propia, logrando así una perfecta comunidad entre animales de diferente especie; los pericos y chachalacas llenaban el ambiente con sonidos y cánticos, mientras que las ardillas saltaban de rama en rama poniendo en alerta a venados y demás mamíferos de la cercanía de algún tigre que merodeaba en las proximidades. Más abajo, donde las aguas de los ríos se mezclaban con las aguas del mar, las nutrias juguetonas se escondían en los intrincados laberintos que se formaban con las plantas de mangle, que en sus raíces albergaban moluscos como ostiones y almejillones, lo que era parte de su alimento, ya que muy diestramente los abrían con sus fuertes colmillos y de un sorbo los degustaban. En estos estrechos canales naturales era fácil encontrar infinidad de peces y camarones, por lo cual las águilas y garzas esperaban pacientemente en las ramas de los mangles su turno de llevarse algo al pico. Los cuervos con sus graznidos daban al paisaje cierto toque de misterio, y los zopilotes planeando en lo alto en espera del desecho que quedaría y quienes gustosamente se harían cargo de la limpieza. Caminando por las playas de estos esteros, los tildíos recolectaban cangrejos y jaibas que se aventuraban a salir de sus refugios, mientras que los caimanes, tomando sol con las fauces bien abiertas, esperaban que estos se descuidaran un poco para así ellos también tener su oportunidad de comer algo. Todo parecía caminar a la perfección, como una máquina bien aceitada, el más perfecto sistema ecológico en donde todos dependían de todos. Por las mañanas grandes parvadas de pericos surcaban los cielos llenando el ambiente de ruidos ensordecedores, lo cual servía de reloj despertador a los moradores de estas comunidades, y el cielo azul se teñía de verde por momentos. Más tarde, las garzas hacían lo mismo; cruzaban los aires con su blanco plumaje en busca de nuevos lugares de pesca donde competían con gaviotas, mescuanes, tijeretas y patos silvestres en busca de la mejor presa. Por las noches, los ruidos característicos del día daban su paso a diferentes tonalidades características de la región. Las ranas en la laguna empezaban su melodía al compás de los grillos y sapos, mientras que en las ramas búhos, lechuzas y corcoveos entonaban su lúgubre canto, lo cual parecía no molestar en lo más mínimo a una manada de jabalíes que ocupados en la tarea de buscar alimentos, escarbaban con el hocico, extrayendo raíces y lombrices de las tierras pantanosas del estero. Lo único que los alertaba un poco era el aullar de los coyotes y lobos que merodeaban buscando cazar alguna presa, pero, una vez que paraban los aullidos, volvían a su tarea al mismo tiempo que emitían gruñidos de satisfacción al mover la tierra de un lugar a otro. Dentro de las aguas, los cocodrilos seguían cuidadosamente la actividad de estos con sus cuerpos sumergidos casi completamente bajo el agua, sólo con sus ojos y nariz por fuera, en espera de poder atacar si alguno se acercaba demasiado a la orilla, lo cual frecuentemente ocurría con los más jóvenes e inexpertos de la manada. Estos, sin seguir el ejemplo de los mayores, se aventuraban en demasía al borde de las peligrosas aguas, y pagaban con su vida el proceso de aprendizaje, conectando así los eslabones de esta cadena alimenticia. Todos estos ruidos volvían a desaparecer una vez llegada la mañana, cuando los cánticos de las aves reemplazaban los misteriosos sonidos de la noche, y el mundo parecía volver a la vida con los sabores, olores y colores que se desprendían de la aldea. Ahí, el aroma de plátanos fritos se mezclaba con el aroma de las flores de azar de los árboles de limones y naranjos.

La comunidad se preparaba para iniciar las labores del día, donde cada uno tenía una actividad específica de acuerdo a sus habilidades. Algunos eran recolectores, ya fuera de leña, frutas, vegetales o especias; otros eran cazadores; y por último, los pescadores, aunque había algunos que podrían realizar cualquier actividad. Tal era el caso de Tonalli, hijo del gobernador Imari, el cual, por su destreza, rapidez, fuerza e inteligencia, era capaz de realizar cualquier empresa, siendo la admiración de propios y extraños, y la adoración de todas las jovencitas que crecieron al lado del joven mozo. A medida que crecía, Tonalli se convertía en un ser excepcional y sobresaliente. No le importaba ser hijo de tan alto representante; nunca decía que no a ninguna de las tareas que se presentaban, y siempre ponía su mejor disposición a cualquier reto que se le presentaba. A sus recién cumplidos 18 años, la vida parecía sonreírle, aunque había algo que no acababa de descifrar: el aparente rechazo de su padre. Por más esfuerzo que él, hacía no lograba penetrar esa coraza paternal que se interponía entre los dos. Culpaba de esto al hecho de que su madre había muerto el día de su nacimiento, por lo cual su padre había vuelto a casarse con la joven Yaretzi, quien a pesar de ser su madre adoptiva y de haber procreado dos hijos más con el gobernador —la jovencita Nicté y el aún niño Yoltzin—sentía un gran cariño por el joven, a quien miraba como si fuera hijo propio, tratando de darle todo el amor que su padre le negaba. Por eso cada mañana, cuando él se alistaba para salir, ella lo encomendaba a sus dioses, pidiendo que se lo cuidaran, conocedora del carácter intrépido y audaz que lo caracterizaban. Él también, aun a sabiendas que Yaretzi no era su madre biológica, había aprendido a quererla y respetarla, y siempre regresaba a casa con flores y frutos especialmente para ella, lo cual le dibujaba una sonrisa en los labios cuando lo veía llegar. Algunas veces, Tonalli dejaba volar su imaginación, recreaba pasajes e imaginaba cómo sería su madre, de la quien no tenía la más mínima idea de su rostro y facciones, o la tonalidad de su voz. Hubiera dado cualquier cosa por mirarla una sola vez, pero, daba gracias por contar con el amor de madre de Yaretzi. A pesar del desconcierto que le ocasionaba el despego de su padre, no dejaba que esto lo opacara, y cada día ponía su mejor esfuerzo en ganar su simpatía. De la misma manera trataba de halagar a la joven Nallely, esa jovencita de grandes ojos negros y amplia sonrisa, que era sin lugar a dudas la más hermosa de toda la tribu, y siempre trataba de regalarle la mejor pieza de su caza o el más grande pez que pudiera atrapar. Ella, por su parte, se mostraba adulada e imaginaba el día que pudiera unirse al joven enamorado. Este día, decidido a atrapar el más grande pez que pudiera encontrar, tomó su lanza y su red de pesca y se disponía a salir, no sin antes recibir las recomendaciones de Yaretzi, que como cada vez que lo veía partir, la invadía una extraña preocupación. Él, como siempre, prometía ser prudente y responsable, aunque hoy tenía otros planes y, a sabiendas que era un tanto peligroso alejarse demasiado de los linderos de la aldea, había decidido ir hasta lo más intrincado de la jungla, en donde ninguno de los miembros de su tribu se atrevían a aventurarse, esto con la idea de que tal vez allí pudiera encontrar más grandes peces. Con una sonrisa en los labios e imaginando de antemano la sorpresa que le daría a Nallely cuando le ofreciera lo que lograse capturar, y sin siquiera pensar en el peligro que corría, se adentró en lo más profundo de la jungla. Sólo el ruido de las aves interrumpía la cancioncilla que venía silbando; nada parecía perturbar la alegría que lo invadía por dentro. Después de caminar por un buen periodo de tiempo llegó a las orillas de la laguna y empezó a preparar su red de pesca y bolso, en donde recolectaría los peces que encontrara. Ensimismado en sus pensamientos, no advirtió cómo una estela de agua denunciaba la presencia de algo en lo profundo de la laguna. Con la red sobre su hombro caminó por la orilla buscando el lugar preciso donde lanzarla, pero, cierto chapoteo llamó su atención. En eso descubrió que algo se acercaba a gran velocidad en su dirección, perturbando la tranquilidad de las aguas a su paso. Imaginando que se trataba de un cocodrilo, o tal vez un pez de tamaño descomunal, Tonalli tiró a un lado la red y, tomando la lanza, se dispuso a cazar lo que fuera que se acercaba. Inmóvil, con lanza en mano, esperó pacientemente tratando de descubrir en dónde se encontraba lo que causaba el movimiento del agua, pero, al parecer, al verlo con lanza en mano, lo que se aproximaba hacia él, se había ahuyentado, y el joven cazador ya no podía ver ningún movimiento de agua por ningún lado. Tras esto, prosiguió caminando por la orilla de la laguna sin encontrar rastro alguno. Sintiéndose un tanto decepcionado por no haber encontrado nada, regresó hacia donde se encontraba tirada la red de pesca. Al disponerse a recogerla, Tonalli sintió inesperadamente que algo lo sujetaba de un tobillo, tirándolo con gran fuerza y haciéndolo perder el equilibrio, para caer de bruces y golpear su cabeza contra las rocas y perder el conocimiento. Sin saber cuánto tiempo había transcurrido, más tarde, al volver en sí, descubrió que se encontraba al fondo de la laguna. Su primera reacción fue nadar de prisa y salir a la superficie, pero con pánico descubrió que su pie se encontraba atrapado entre las raíces del fondo de la laguna. Por más que trataba de salir de este aprieto, no lograba liberar su pie de donde estaba atrapado. Su angustia lo llevó a la desesperación, y en su afán de salir con vida, sólo lograba remover el sedimento que se encontraba al fondo de la laguna, causando que las aguas se tornaran turbias y revueltas. De pronto, Tonalli se dio cuenta de que algo estaba pasando: no sentía la necesidad de salir a la superficie a tomar aire; tal pareciera que podía respirar oxígeno directamente del agua que lo rodeaba, de la misma forma que lo harían los peces. Después de superar el pánico inicial, una especie de euforia lo invadía; no podía creer lo que sucedía. Ya más tranquilo, empezó a soltar su pie de lo que lo aprisionaba, logrando finalmente destrabarse. Al mismo instante, presintió la presencia de algo que lo observaba e inmediatamente se dio vuelta para descubrir un par de ojos a la distancia, ojos con características humanas y animales al mismo tiempo, que brillaban con gran intensidad en medio de las turbias aguas. Aunque no alcanzaba a distinguir con exactitud la forma de esa figura que flotaba a unos cuantos metros de distancia, esa mirada inquisitiva y penetrante le caló los huesos, llenándolo de un indescriptible pavor. Sin detenerse a pensarlo, el joven manoteó desesperadamente tratando de poner distancia de por medio. Una vez alcanzando la superficie, braceó con fuerza, como si fuera un ente poseído por el mismo demonio. Muy cerca de la orilla se incorporó, tratando de correr, cuando sintió un dolor agudo en su pierna: su propia lanza que había quedado atorada en la orilla se había enterrado en su pierna. Al insertarse, la lanza se había partido en dos, quedando un pedazo incrustado en su muslo. Con un dolor insoportable, se arrastró hasta quedar completamente fuera del agua, mientras que la sangre no paraba de manar de su herida. Sacando fuerzas de flaqueza, de un tirón sacó el pedazo de lanza incrustada en su pierna, lo que aumentó el flujo de sangre, que corría hacia la laguna y se confundía con las turbias aguas. Inmediatamente, Tonalli tomó un puñado de arcilla del borde de la laguna y lo aplicó en la herida con la intención de detener el sangrado. Después, con un pedazo de piel, cubrió la herida presionando en ella para detener el flujo de sangre. El tiempo había transcurrido y, tomando en cuenta que ya era un poco tarde y que tendría que regresar a la aldea desde ese apartado lugar, con un esfuerzo sobrehumano se irguió, dando pequeños pasos. Débil y un tanto mareado, con un fuerte dolor de cabeza por el golpe recibido, y sintiendo un viscoso líquido que corría por su cara, se valió una rama que tomó del suelo para utilizarla como bastón. Tratando de ignorar el dolor insoportable que lo aquejaba, decidió proseguir para evitar que la noche lo sorprendiera y ser víctima de algún tigre o alguna manada de coyotes hambrientos. Sus primeros pasos fueron una verdadera tortura y no veía cómo podría llegar al poblado, pero, al avanzar un poco más el dolor pareció ir aminorando y ya no le molestaba tanto la herida al momento de caminar. Pensó por un momento que se debería tal vez a las propiedades curativas de la arcilla o quizá sería que se le habría entumido la pierna por la pérdida de sangre. Lo importante era llegar a la aldea, así que prosiguió su regreso y aunque cojeaba un poco, el dolor parecía casi desaparecer. Sorprendentemente, a mediados del trayecto, decidió tirar su improvisado bordón, el dolor había desaparecido por completo; sólo una inmensa necesidad por beber agua le secaba los labios, y su piel parecía pedir a gritos un poco de refresco. Lo más extraño de todo era que no hacía calor en ese momento, pero de cualquier manera decidió detenerse en un riachuelo para beber y refrescarse un poco. Un poco temeroso al principio, y asegurándose de que nada lo fuera a atacar de nuevo, se metió a las frescas aguas del riachuelo mirando constantemente a todos lados, y removiéndose los rastros del lodo que tenía sobre todo el cuerpo. Tras saciar su sed y habiéndose limpiado, procedió a curarse la herida removiendo la arcilla que la cubría. ¡Grande seria su sorpresa al descubrir que la herida había cerrado casi por completo! Y aunque aún era de consideración, no representaba ni la mitad de lo que había sido unos momentos atrás. Por más que buscaba una explicación a esto, Tonalli no la encontraba. Viendo su propio reflejo sobre el agua descubrió cómo no había el mínimo rastro de la gran herida que momentos antes sangrara profusamente en su frente, mientras un caudal de preguntas se agolpaban en su mente ¿Qué era lo que había visto en la laguna? ¿Por qué no le había hecho daño cuando estaba inconsciente a su merced en lo profundo de las aguas? ¿De dónde le venía esta habilidad de poder respirar bajo el agua? ¿Por qué le estaban sanando con tal rapidez las heridas?

En su mente había un número de pensamientos que lejos de esclarecerle sus interrogantes lo llenaban de más preguntas. No recordaba durante el trayecto de su corta existencia haberse enfermado alguna sola vez, y si por algún motivo llegaba a herirse, tales heridas desaparecían de manera sorprendente. No recordaba que nadie lo hubiera enseñado a nadar, sin embargo recordaba que siempre había sido el más rápido en las aguas, ya fuera encima de ellas como en lo profundo. Asimismo recordaba que podía durar sumergido bajo el agua por largos periodos de tiempo, e incluso sus amigos bromeaban con él llamándole "el hombre pescado", lo cual lejos de molestarlo parecía halagarlo. ¿Qué misterio rodeaba su existencia? ¿De dónde le venían estas habilidades? Con más preguntas que respuestas continuaba su regreso a la aldea, no obstante, no tenía a quien consultarle dichas incógnitas que cruzaban por su mente. En muy pocas ocasiones su padre hablaba con él. Yaretzi, su madre, sólo se preocuparía si descubría que había ciertos misterios en su vida, de tal manera que no podía confiar su secreto a ningún miembro de la tribu. En eso pensó en

Yaotzin, el sacerdote de su aldea, aunque a decir verdad este personaje no le inspiraba mucha confianza. Con unos ojillos pequeños bajo unas abultadas cejas, más le provocaba un poco de temor, ya que parecía siempre estar preocupado por lo que él hacía y siempre se le aproximaba con preguntas un tanto extrañas. Ahora que caía en cuenta, recordaba claramente una ocasión cuando después de nadar con sus amigos en el río, de cierta manera misteriosa se le acerca tratando de indagar cuánto tiempo duraba sumergido en el agua. En aquella ocasión, el joven no prestó ninguna importancia en lo absoluto, pero, ahora ataba cabos y era posible, tal vez, que él podría tener un esclarecimiento a ese misterio. De manera decidida se propuso hacerle una visita al día siguiente. Continuando con su marcha rumbo a la aldea, recordó también en ese momento que no había atrapado ningún pez y carecía de excusa alguna para llegar con las manos vacías. Así que decidió probar suerte en un riachuelo que cruzaba por medio poblado, aunque de antemano sabía que no encontraría aquí peces del tamaño que él había imaginado por la mañana, antes de aquella accidentada aventura. De cualquier manera, con red en mano, se aproximó a la orilla del río y tiró esta con la esperanza de tener algo de suerte. Lentamente empezó a recogerla y a sentir cómo si la red se hubiera atorado en algo debido al peso de la misma. Haciendo un esfuerzo mayor tiró de la red de nuevo para descubrir que algo se movía en ella. Empleando mayor fuerza dejó al descubierto cuatro enormes bagres, los cuales a duras penas cabían en la red, por lo que le costaba un enorme esfuerzo sacarlos del agua. Después de un buen tiempo, finalmente logró sacarlos completamente. Con gran asombro vio que los peces eran del tamaño de un joven adulto. ¿Cómo era posible que pudieran sobrevivir en ese pequeño cauce? Nadie se lo creería, así es que cortando una rama, puso dos en cada extremo de esta en una especie de palangana, y se marchó a la aldea con la firme convicción que no contaría a nadie en donde los había atrapado. Tal vez, pensó, tendría que mentir para evitar rumores que pudieran alterar la paz de su comunidad y la de sus padres.

Afortunadamente, todos los aldeanos parecían estar acostumbrados a sus andanzas y aventuras, y a pesar de mostrarse sorprendidos por el tamaño de los pescados, nadie osó en interrogar la procedencia de estos. Después de pasar por la choza de la familia de Nallely y dejarles dos de las presas que había logrado ese día, regresó a la suya propia. A pesar de tratar de mostrarse como cualquier otro día, no podía apartar de su mente los extraños sucesos recientemente ocurridos, mientras una sombra de incertidumbre cruzaba por su mirada, la cual no pasó desapercibida para Yaretzi. El instinto de madre la hacía saber que algo no andaba del todo bien con su muchacho. Esa noche, Tonalli trataba a duras penas de conciliar el sueño; la adrenalina aun corría por sus venas. Además, una rara necesidad de sentir el contacto del agua sobre su piel lo mantenía despierto. Finalmente, decidió salir a caminar un poco. La luna llena iluminaba el campo, ejerciendo al parecer cierto magnetismo, ya que no podía apartar la mirada de ella, como si fuera esta la primera vez que ponía sus ojos sobre ella. Caminó por un buen periodo de tiempo sin pensar en nada. Pasada la media noche regresó a su choza, y cayendo sobre su cama quedó profundamente dormido, olvidando las increíbles aventuras vividas ese día.

CAPÍTULO II

Al día siguiente por la mañana, muy temprano, ya se encontraba en pie preparándose para las labores cotidianas como cualquier otro día. Restando importancia a lo acontecido el día anterior, él y un grupo de jóvenes tenían la encomienda de salir y traer carne para la semana. Generalmente era carne de venado, pero en este tiempo estos animales no bajaban tan cerca del poblado. Por tanto, tendrían que pasar la noche fuera de la aldea en los lugares donde los venados solían bajar a comer. Dispuestos para esta misión Tonalli y sus tres amigos, Tlaneci, Yareth y Edahi, emprendieron la marcha hacia el lugar más factible en donde encontrarían las presas apropiadas. El trayecto se desarrolló entre bromas y risas hasta que los cuatro amigos llegaron a un paraje donde abundaban los árboles de capomo, cuya fruta era la más apreciada por los venados. Mientras que algunos investigaban las huellas en el suelo tratando de descifrar la trayectoria o las rutas usadas por estos animales, otros hacían especies de tapancos sobre las ramas de los árboles para tener un mejor escondite al camuflagearse con la vegetación. Esto les daba mejores opciones para la caza de una buena presa; un poco antes de que cayera la tarde y con todo preparado, se juntaron a comer un poco de carne seca y frutas que les serviría de cena para la larga noche que les esperaba. Platicando al mismo tiempo que comían, no advirtieron que unos ojos seguían muy atentos cada uno de sus movimientos. Tonalli, percibió esta presencia por un momento, pero, sin hacer mucho caso y pensando que sólo se trataba de un truco de su imaginación, decidió no poner mucho cuidado a este detalle, y prosiguió la charla con sus amigos. Después de comer trataron de dormir un poco para poder pasar la noche despiertos. Cuando ya la tarde empezaba a caer se levantaron para tomar sus respectivas posiciones en lo alto de los árboles con la esperanza de que pronto llegaran las manadas de venados a los abrevaderos. A la distancia se escuchaban varios de ellos, pero, curiosamente no se acercaban al improvisado campamento. Tal pareciera que los venados hubieran detectado ya su presencia, lo cual sonaba ilógico, ya que habían sido bastantes cuidadosos. Además, los jóvenes eran los más experimentados cazadores en la tribu. Algo no andaba bien, pero aun así decidieron esperar un poco más. En esos momentos se escuchó el crujir de las hojas secas denunciando la presencia de algo que se aproximaba. Tímidamente, un enorme venado asomó su cara entre las ramas. Una extensa cornamenta adornaba su cabeza. Lentamente emergió de su escondite. Era magistral, y parecía tomar todas las precauciones necesarias volteando para todos lados; parecía asegurarse de que todo estaba en orden. Volteando hacia la maleza emitió una especie de exhalación, y tras esto el resto de la manada se empezó a incorporar. En lo alto de los árboles, los cuatro amigos contemplaban la escena en espera del momento oportuno de atacar. Haciéndoles señales con las manos, Tonalli les indicaba que tuvieran paciencia, que él les indicaría el momento adecuado de atacar. Después de varios minutos, Tonalli hizo una señal con la mano en alto, a lo que sus amigos tensaron sus arcos con sus flechas, apuntando al macho que guiaba la manada. Estaban a punto de disparar cuando en la laguna se escuchó un chapoteo del agua, al mismo tiempo un gruñido rompía el silencio de la noche. Al oír el ruido, los venados, alarmados, empezaron a tratar de ponerse a salvo de esto que los amenazaba, y el silbar de las flechas acompañaba la exaltación de los animales. Sólo una de ellas dio en el blanco impactando la cabeza del venado macho, el cual al sentir el dolor dio un gran salto, para después perderse en las sombras. Los cuatro muchachos saltaron inmediatamente de sus escondites y se dieron a la persecución. Delante de ellos se escuchó el quebrar de las ramas y el paso de los animales por la maleza. Sin poder observar la ruta que llevaban los venados, sólo guiándose por los sonidos, los cuatro amigos seguían de cerca a la manada. Después de un largo rato se detuvieron a escuchar con atención, tratando de detectar el más mínimo movimiento en la maleza. Después de un corto tiempo escucharon, no muy lejos de ahí, un ajetreo. Cautelosamente se acercaron hasta llegar a donde estaba tirado el macho que, jadeando y pataleando, se aferraba a la vida que se le escapaba sin remedio. Cuchillo en mano, Tonalli se acercó para corta la yugular del animal, terminando así con el sufrimiento innecesario de la bestia. Enseguida, Yareth cortó el tronco de un árbol para ayudarse a transportar la presa hasta el campamento, donde más tarde lo destazarían para así llevarlo de regreso a la aldea. Una vez llegando al campamento iniciaron la labor de pelar y descuartizar la presa, lo que les llevaría un buen tiempo. Alumbrándose con antorchas llevaban a cabo la tarea, y ninguno de ellos hizo referencia a lo acontecido temprano en la noche, ya que no acababan de entender qué era lo que ahuyentaba a los venados de donde tenían su campamento. Con estos pensamientos prosiguieron con su tarea, sintiendo todo el tiempo ser vigilados en sus maniobras. Al terminar, se dispusieron a regresar a la aldea, a la cual arribaron muy temprano por la mañana. En una especie de improvisada camilla, los cuatro cargaban la presa ya descuartizada y lista para ponerse al fuego. Había sido una noche exitosa sin lugar a dudas. Después de dejar la carne en manos de las mujeres que se encargarían de su preparación, los cuatro jóvenes se retiraron a descansar a sus respectivas chozas, cansados a más no poder sólo buscaban dormir un poco más para recuperar las energías perdidas.

Tonalli, por su parte, que era el más intrigado por los sucesos de la noche anterior y sin poder dormir, decidió regresar a donde habían acampado, buscando respuestas a cada una de las preguntas que se agolpaban en su mente. Se dirigió hacia donde se habían escuchado los ruidos que espantaron a los venados, y caminando por la orilla de la laguna buscaba algún indicio, sin saber exactamente qué era lo que esperaba encontrar. De esa manera transcurría el tiempo sin encontrar respuesta. Ya para entonces, más cansado y casi desanimado, se dispuso a volver al poblado. Repentinamente, en la arcilla que había en la orilla de la laguna, encontró unas huellas, al parecer humanas, y estaba seguro que no eran sus propias huellas. Eran de alguien con un pie demasiado grande, con los dedos muy separados entre sí. Una de tantas huellas parecía mostrar una especie de tela entre cada uno de los dedos, tal como los tuvieran ranas y sapos, o tal vez como las salamandras, pero estas huellas definitivamente eran de algo muy parecido a un pie humano. Instintivamente echó mano de su cuchillo y empezó a recular, alejándose de la orilla de la laguna, sintiendo como si algo lo estuviera observando. Giró rápidamente tratando de encontrar a lo que fuera que lo miraba, pero nada, no había ningún rastro de alguien o algo que lo observara. Sin pensarlo dos veces emprendió una alocada carrera tratando de poner distancia de por medio, dando largas zancadas. Más que correr parecía volar con la misma agilidad con la que corrían los venados que escaparon. Saltaba de piedra en piedra esquivando cada obstáculo que se presentaba en el camino. Respirando un tanto aliviado divisó a lo lejos el humo del caserío; fue ahí hasta donde se detuvo para recobrar la compostura. Sin dejar de pensar en las extrañas huellas que había visto, llegó momentos después a las inmediaciones de la aldea, y sólo el olor de carne asada lo sacó de esos pensamientos que giraban en su mente.

El pueblo parecía estar de fiesta ya. Los aldeanos celebraban la buena caza obtenida por los jóvenes y todos se disponían a devorar la deliciosa carne de venado acompañada por elotes y vegetales asados, a la vez que consumían licor derivado de la fermentación de las cáscaras de la piña, el cual llamaban tepache y que era el habitual acompañante de la comida en la diferentes celebraciones que se llevaban a cabo. Haciendo una fila se alistaban para recibir su ración de comida usando hojas de plátano como platos, mientras que las bebidas se servían en vasos de bambú. Todo estaba en orden para la celebración, cuando Tonalli descubrió a sus tres amigos, sentados en piedras, comiendo y bebiendo gustosos, manteniendo una entretenida platica. Con una sonrisa él les hizo un gesto con la cabeza, a lo que ellos responden agitando las manos. Una vez que su parte de la comida fue servida, se aproximó a los tres muchachos, los cuales le recibieron con alegría reflejada en sus rostros.

—¿Descansaste? —preguntó Edahi, dando un sorbo a su bebida de manera ruidosa, a lo que Tonalli, en forma de respuesta, sólo encogió los hombros, mientras que trata de buscar el mejor acomodo y así disfrutar de su comida.

—Pues yo dormí como un ixcuntle —exclamó Yareth, haciendo tercio en la conversación que su amigo iniciara, sin que la pregunta fuera dirigida a él en particular.

—Es que eres un ixcuntle —opinó Tlaneci. —Fíjate cómo comes, y ni siquiera tienes pelo en la cara, o bien eres un ixcuntle o eres una niña. Todos soltaron la carcajada.

Tlaneci era sin lugar a dudas el más comediante del grupo, siempre con alguna ocurrencia para hacer reír a los demás, y como lo conocían tan bien, ninguno se llamaba ofendido cuando expresaba sus comentarios. Había sin embargo una pregunta en la cabeza de los tres amigos, y sólo esperaban que alguno de ellos empezara este tema para expresar sus angustias. Después comentarios generales, continuaron comiendo gustosamente. Fue Tonalli el que finalmente se atrevió a hacer un comentario respecto de la noche anterior.

—¿Tienen alguna idea de qué fue eso que estaba espantando la manada de venados? Para mí fue la cosa más extraña que nunca antes había escuchado; es como si tratara de algún animal nuevo que ha llegado a estas tierras.

Todos quedaron callados por un momento como si trataran de poner en claro sus ideas, y por más que rebuscaban en sus cabezas no acababan de conectar entre si sus pensamientos, hasta que finalmente Yareth rompió el silencio.

—Yo quiero ser completamente sincero, pero, después de que trajimos el venado de regreso al campamento para destazarlo, claramente sentía como si algo no nos quitaba la vista de encima, y sólo no dije nada de eso en ese momento por el hecho de que ustedes probablemente se reirían de mí, especialmente el atarantado de Tlaneci, pero, a decir verdad, iba a sugerir que nos moviéramos de ese lugar porque no me sentía para nada seguro ahí.

Edahi, por su parte, se tocaba la barbilla tratando de hilvanar una sarta de palabras. Finalmente se atrevió a decir algo, tratando de sonar convencido de lo que decía y al mismo tiempo tratando de convencer a su grupo de buenos amigos.

—Lo mejor sería la próxima vez no adentrarnos tanto en la jungla hasta que no sepamos con exactitud a qué es lo que nos enfrentamos, y no arriesgarnos a sufrir un descalabro. No me gustaría pasar otra noche en ese lugar a merced de algo que no tenemos idea de lo que pueda ser.

Decididos a cambiar de tema continuaron hablando de cualquier otra cosa que no fuera la noche anterior, ya que no tenían idea de lo que había ocurrido en la densa jungla. Sin embargo, esa duda existía en el fondo de sus mentes. Un poco más tarde cada uno se alejó por su lado.

CAPÍTULO III

Tonalli, aún ensimismado en sus pensamientos, dirigió sus pasos sin poner demasiada atención a la choza de Nallely. Cuando menos lo pensaba ya se encontraba enfrente de la choza de la joven, sintiéndose un poco avergonzado, ya que no encontraba la excusa del porqué de su inesperada visita. Sin embargo, Nallely lo recibió con una sonrisa dibujada en su rostro y ni siquiera se atrevió a indagar el porqué de su presencia. Después de pedir permiso para salir, la joven pareja caminó por una vereda que conducía hacia unas cascadas cercanas. En el marco de ese bello paisaje ¡de verdad hacían una bonita pareja! Tomados de la mano caminaron por las verdes praderas, mientras que el fresco pasto parecía acariciarles los pies. El viento jugaba con sus cabellos y el sol los bañaba con sus rayos dorados. Todo transcurría en armonía. Así, caminando lentamente, finalmente llegaron hasta las orillas del charco de azules aguas donde la brisa fresca invitaba a darse un chapuzón. Sin pensarlo dos veces y con la inocencia reflejada en sus rostros, se despojaron de toda ropa y saltaron de inmediato hacia las frescas y cristalinas aguas. Semejando dos chiquillos saltaban y reían mientras se tiraban agua a la cara, sin ninguna malicia. De pronto Tonalli se quedó muy quieto y serio como si presintiera, nuevamente, la presencia de algo en las cercanías. Giró su cabeza en todas direcciones como buscando algo escondido, con el ceño fruncido, demostrando preocupación continua, escudriñando como si tratara de penetrar con la mirada el fondo de las aguas. Repentinamente y sin dar explicación alguna, tiró de la mano de Nallely que, sorprendida, sólo acató a seguirlo en dirección de la orilla en rápido trote, tan rápido como les permitía el agua. Una vez fuera de la poza, ella parecía indagar con la mirada qué era lo que estaba pasando. Sin decir palabra el muchacho le indicó con un gesto que se vistiera. A decir verdad, ella nunca pensó que hubiera algo capaz de alterarlo de semejante manera, sin embargo, podía notar en lo agitado de su respiración que algo no andaba bien. ¿Mas, qué podría ser? Por más que se concentraba en las azules aguas, no alcanzaba a descubrir si algo se encontraba en ellas, y a pesar de eso un temor a lo desconocido la invadía por completo. Los cenzontles cesaron sus cánticos, las calandrias en sus nidos colgantes asomaban sus cabezas, intrigadas por tan inesperado silencio. El bullicio de la jungla pareció detenerse en el tiempo por un breve espacio, como presintiendo algo sombrío y tenebroso. Sólo el ruido que producía la cascada en el incesante correr del agua chocando con las piedras mitigaba la creciente zozobra. Una ráfaga de frío viento enmarañaba sus cabellos y movía sus húmedas ropas de un lado a otro, haciendo que se les erizara la piel. Al ponerse en contacto con ellos sintieron un escalofrío que fue casi imposible disimularlo. Después de una larga espera y ya un poco más calmados, ambos emprendieron el camino de regreso a la aldea, en completo silencio, sólo mirándose de reojo, y sin atreverse a hacer ningún comentario de la misteriosa sensación de haberse sentido observados. En un corto periodo de tiempo ya se encontraban en las inmediaciones de la aldea. Una vez a la puerta de la choza de Nallely, tratando de aparentar una seguridad que distaba mucho de ser real, Tonalli se despidió de ella, marchándose rumbo a su propia choza. Sus verdaderas intenciones eran otras.

En vez de dirigirse a su choza, tomó el rumbo de las cavernas donde él sabía que encontraría al sacerdote Yaotzin, que en lo profundo de esas grutas tenía una especie de refugio o templo en donde practicaba todas sus ceremonias y rituales. Al llegar a la entrada de las cuevas, una especie de ansiedad invadió al joven, ya que el sacerdote le provocaba cierto grado de incomodidad, además de que ignoraba cómo abordar un tema que siempre había tratado de evitar, así como cualquier conversación con el sacerdote. Al internarse un poco en el lugar, la oscuridad parecía envolverlo todo con su negro manto, y un fuerte olor a hierbas inundaba la atmósfera. Sólo el sonido del agua, al trasminarse por las rocas y caer en el suelo, acompañaban su agitada respiración. Tras caminar por un largo rato, al fondo de la caverna se empezaba a distinguir una tenue luz que parecía crecer conforme se acercaba a ella, y la lobreguez parecía disiparse. Mientras, un murmullo empezaba a crecer, una especie de bisbiseo, como si fuera un rezo pronunciado en la más baja de las voces, y apenas perceptible al oído humano. Tonalli continuó avanzando, lo que hacía que los detalles del interior de la cueva cada vez más visibles. Percibía unas especies de murales pictográficos que adornaban las paredes de la caverna, jeroglíficos que no alcanzaba a comprender, quizás por ignorar el significado de tal lenguaje o por tratarse simplemente de pinturas sin significado alguno. Sin embargo, no podía apartar la mirada de estos, ya que había algo en ellos que atraían poderosamente su atención. De repente se detuvo al descubrir en la pared la pintura de unos ojos rojizos y brillantes, idénticos a los que él había visto en el fondo de la laguna; sentía la misma mirada penetrante e intensa. ¿Cómo era posible que Yaotzin supiera de esto? Completamente intrigado siguió observando a su derredor los murales. Comprendió que el arte narraba la historia de algún evento pasado, pero aún no atinaba a descubrir de qué se trataba. Los paisajes parecían muy similares a donde se encontraba su aldea: la cascada, la laguna y el río. Seguramente se trataba de los mismos lugares, sin embargo no encontraba aún la explicación y conexión entre estos y lo que pudieran significar para su aldea. En los murales se observaban a jóvenes doncellas jugando a las orillas del río, y una vez más esos ojos, que parecían observarlas detenidamente. Tonalli continuó su recorrido paso a paso, lentamente, tratando de descifrar el significado de todo esto. El siguiente mural que miró le hizo estremecer un poco: se trataba de una especie de hombre-lagarto, algo así como una combinación entre hombre y animal. Más delante había dibujadas en la pared huellas de pies humanos con características de animal, tal y cual las viera en las orillas de la laguna. Definitivamente no se trataba de una coincidencia, tendría que haber una relación entre estos murales y lo que él había vivido en la laguna, pero, una vez más, no tenía la respuesta. Absorto en su observación llegó a lo que parecía el fondo de la caverna, en donde al parecer se celebraba un culto al hombre-lagarto, ya que su imagen se reflejaba en cada parte de ese improvisado templo. El descubrir la imagen de una joven doncella le llamó poderosamente la atención. Era una de las jóvenes que aparentemente jugaban en el río, pero, esta vez estaba acompañada de un bebé, al cual abrazaba con mucha ternura. Volvió a repasar con la mirada cada una de las imágenes, tratando de develar ese descubrimiento, sin embargo, no daba esclarecimiento alguno. Concentrado en su investigación, no advertía que unos ojos lo seguían de lado a lado mientras recorría el improvisado templo. En ese momento cayó en cuenta que las oraciones que había escuchado al introducirse en la caverna habían cesado por completo, y se dio cuenta que no había rastros de nadie por ahí. En eso, una voz a sus espaldas lo sacó de sus conjeturas.

—¿Te puedo ayudar Tonalli? —dijo una voz grave haciendo eco en el silencio de la caverna. Se trataba de Yaotzin quien, oculto en las sombras, lo miraba fijamente. —¿Qué buscas, qué se te ofrece? —preguntó el sacerdote.

De momento, Tonalli no encontraba la manera de empezar a explicar el porqué de su presencia en ese lugar, y señalando con el índice hacia uno de los murales balbuceó tímidamente.

—¿Quién es él, por qué le rindes culto; es acaso un dios? —preguntó el joven con los labios secos y atragantándose con su propia saliva, señal inequívoca del trance nervioso en el que se encontraba.

Saliendo de las sombras en donde se encontraba, Yaotzin caminó lentamente mientras pasaba su mano sobre los murales con absoluta devoción, como si a través de sus dedos hubiera una especie de comunicación. Sonrió misteriosamente para luego decir con profunda voz: —Él es nuestro único dios; de él venimos, por él tenemos alimentos, por él estamos en este lugar y por él un día seremos la más grande nación que jamás ha existido; él es principio y final de nuestra raza.

Hablaba con tal convencimiento que sus palabras demostraban la enorme fe que sentía. Después de un lapso silencioso, Tonalli se atrevió a preguntar.

—Si es así, ¿entonces por qué nadie habla de él? ¿Por qué ninguno de los viejos hace mención de él? ¿Cómo es que nadie sabe de él?

Yaotzin respondió en cierta manera indignado por la osadía del joven, que abiertamente cuestionaba la existencia de su dios.

—Porque nadie sabe de él... yo fui muy afortunado en tener un encuentro con él, y desde ese día no he hecho otra cosa que venerarlo y poner mi vida a su disposición, ya que él me ha enseñado cómo será el futuro de nuestra raza. De esta manera es de verdad mejor que pocos sepan de él, mientras que se construye una base con los lineamientos a seguir y poder así adorarlo como él se lo merece. Yo estoy escribiendo un códice con ciertas reglas a seguir. Espero que no le cuentes de esto a nadie hasta que no sea el momento indicado, y yo te dejaré saber en su debida oportunidad.

Tonalli guardó silencio por un momento mientras asentía con la cabeza, sin poder apartar su mirada de los ojos pintados en la pared, que parecían seguirlo a cada paso que daba. Luego, sacudiendo la cabeza, desvió la mirada de aquel boceto y añadió con tono de complicidad mientras esbozaba una sonrisa: —Nada tienes que temer; ya que yo lo he visto con mis propios ojos y no tendrías que convencerme de su existencia. Pero, a pesar de todo esto, todavía no comprendo cómo es posible que se me haya aparecido a mí también, cuando yo no tengo el conocimiento y la sabiduría que tú posees; no encuentro la conexión ni el porqué de su aparición ante mí... es algo que no llego a comprender.

Yaotzin, visiblemente emocionado y con grave tono de voz, respondió de manera solemne.

—Algún día vas a saber qué tan importante eres tú para la historia de nuestra raza, ahora, por lo pronto, guarda este secreto y déjame a solas, que tengo mucho quehacer.

Tras esa declaración profética, el viejo sacerdote apuntó con la mano la dirección de la salida de la gruta, sin esperar que el joven protestara. Sin decir más, Tonalli se enfiló en dirección de la salida, y un mundo de nuevas preguntas rotaba en su cabeza.

Sus interrogantes tenían ahora un tono de reflexión. ¿Qué quería decir con eso de que era "muy importante para la historia de nuestro pueblo"? ¿Por qué mantener en secreto de algo tan importante? ¿Sería que Yaotzin buscaba algún beneficio personal?

A pesar de que ahora el joven y el sacerdote guardaban un secreto que los convertía de cierta manera en cómplices, había algo en la actitud del Yaotzin que no acababa de convencer a Tonalli. Había algo sombrío y tenebroso, algo difícil de explicar, algo nefasto y oscuro en su mirada y su sonrisa. Aunque trataba de ser amable y casual, Tonalli suponía que aquel hombre escondía dobles intenciones. De hecho, estaba completamente seguro, pues ya había advertido cierto brillo inexplicable en el fondo de sus ojos. Sin embargo debería de seguir con este secreto hasta no descubrir las verdaderas intenciones de este maquiavélico personaje. Para ello tendría que ser muy precavido y calculador, pensar dos veces cada paso que se debería de dar, y llegar al fondo de este misterio con la esperanza de que esto fuera pronto, puesto que la sola presencia de Yaotzin lo hacía sentirse incómodo. Con angustia esperaba que sus seres queridos no salieran dañados en el proceso de guardar ese misterioso secreto.

Esa noche Tonalli se encontraba de lo más inquieto, sin poder conciliar el sueño giraba de un lado a otro en su cama. La luz de la luna se filtraba por entre las rendijas de su casa y le era difícil pegar un ojo; los apretaba fuertemente pero una fuerza invisible lo hacía abrirlos inmediatamente, haciendo imposible el descanso que tan ansiosamente esperaba. Así permaneció por un largo tiempo, hasta que finalmente y convencido de que no lograría su objetivo de dormir, decidió salir a caminar esperando así cansarse y poder al fin conciliar el sueño. Caminó sin rumbo fijo hasta que, sin pensarlo mucho, sus pasos lo llevaron hasta el río y, sin saber cómo, ya se encontraba al pie de la cascada. Sólo se escuchaba el fuerte golpear del agua contra las rocas. La luna, como un disco plateado, se encontraba en lo alto del cielo y se reflejaba en las rápidas aguas. De repente una sombra cruzó por el cielo, pasando por la periferia de la brillante luna. Sin saber a ciencia cierta de qué se trataba, volvió a buscar en el cielo para descubrir entonces un ave que sobrevolaba en círculos, al parecer tratando de capturar algo en el suelo. Era una imponente águila que curiosamente se encontraba de cacería a esas altas horas de la noche. Al parecer había detectado una presa en el suelo, y se disponía a atacarla. En rápido movimiento, replegando sus alas, se precipitó en rápida picada, cual saeta, para más delante emerger con algo en sus garras. No es que Tonalli nunca hubiera presenciado cómo estas aves capturaban sus presas, sin embargo, en esta ocasión, había algo enigmático en tal escena, de la cual no podía apartar sus ojos. El águila se posó en una rama y con sus garras sujetaba una serpiente, que a sabiendas de la suerte que le esperaba hacía un último intento por librarse de aquellas zarpas que la aprisionaban, y buscaba contraatacar a la reina de las aves, la cual, sin inmutarse, evadía cada uno de los desesperados intentos de la serpiente. Toda esta escena se enmarcaba en el brillante círculo de la plateada luna, pero poco a poco la lucha pareció llegar a un punto final, cuando el águila con su afilado pico empezó a devorar la cabeza de la serpiente, que ya sólo se contraía, cada vez con menor intensidad, hasta que finalmente cesó todo movimiento. Mientras que el águila continuaba devorando ese manjar, Tonalli seguía embelesado observando hasta el último momento la desigual pelea, que terminó inevitablemente bajo la ley del más fuerte. El águila, una vez saciada su hambre, extendió sus alas y se elevó en dirección desconocida, al mismo tiempo que emitía un agudo silbido en señal de triunfo, o quizá de satisfacción, pero, dejando ver que ella era aún la soberana de las aves, y no había rival que pudiera poner en entredicho su reino de los aires.

De regreso a su choza, Tonalli no podía apartar de su cabeza la escena que recientemente había presenciado. Por motivos tan desconocidos sentía que le había calado el alma, había algo en ese momento que le indicaba sin palabras que ese evento encerraba una gran importancia. Una vez tirado sobre su petate, no tardó en ser finalmente vencido por el sueño, el cual transcurrió con la imagen del águila posada en la rama con las alas extendidas y devorando a la serpiente. Teniendo como marco la esfera brillante en el alto cielo, por una extraña razón, este sueño le producía una inmensa calma y lo ponía en un estado de meditación, de ingravidez; sentía que flotaba, y miraba la misma escena desde un ángulo muy diferente al que originalmente había observado en realidad. La mañana llegó muy pronto y con la luz del día llegaron también los sonidos propios de la región. Tonalli despertó de inmediato sintiéndose relajado y lleno de energía. Poniéndose de pie salió a toda carrera con dirección de la cascada, y una vez ahí busco con la mirada al águila de la noche anterior, sin divisarla. Por un momento llegó a pensar que todo había sido producto de su imaginación o tal vez un sueño. Al mismo tiempo tenía la completa seguridad de que todo había sido real y que, de cierta manera había, una conexión entre lo acontecido y las palabras de Yaotzin. Tenía que ser así, y sólo le quedaba exponerle esta situación al sacerdote. Tras ese suceso, cada noche, una vez que caía dormido, en sus sueños se transportaba al pie de la cascada donde lo esperaban el águila con la presa en sus garras, y ambos parecían mirarlo tratando de expresarle algo con la mirada, algo que Tonalli no era capaz de comprender. Después de permanecer por largo tiempo observándose el uno a los otros, el águila, con su presa entre las garras, emprendía el vuelo con dirección al sur, y esto se estaba convirtiendo en una diaria ocurrencia, sin poder descifrar el significado de tal sueño. De la misma manera, cada mañana volvía a la cascada donde sólo encontraba garzas de blanco plumaje, que al extender sus alas dibujaban sus esbeltas figuras mientras se desplazaban por los aires con su estilizado vuelo, ignorantes de la angustia y la zozobra del joven, que por más que trataba no lograba atar cabos en toda esta telaraña. No hallaba ni luz ni esclarecimiento a este persistente sueño que lo acosaba cada noche. Una de esas noches, al caer rendido, inmediatamente su cerebro empezó a elaborar el mismo sueño diurno, sin embargo, en esta ocasión se miraba a si mismo esculpiendo algo sobre una roca circular y plana, y por más que se esforzaba no alcanzaba a descubrir la imagen esculpida. Justo en ese momento se le iluminó una chispa en el cerebro ¡Eso era lo que tenía que hacer!: esculpir la imagen del águila devorando la serpiente… Sólo que había un pequeño problema: él no era considerado uno de los mejores escultores de su tribu y no tenía la más mínima idea de cómo empezar. A pesar de esa dificultad decidió que debería intentarlo, al menos. Lo primero sería buscar una roca adecuada para su propósito, y sin pensarlo dos veces se dirigió hacia el río donde sabía que encontraría la roca. Aquí se le presentaba la primer disyuntiva al joven, ya que la roca tendría que ser de tamaño considerable para poder así hacer visibles los detalles de la escultura. Por tanto, tendría que hacer una especie de campamento ya que encontrara la roca, pues probablemente le sería imposible trasladarla hasta la aldea. De tal manera, con esta idea en mente, inició la búsqueda de la piedra adecuada. Pasó una buena parte del día sin encontrar nada adecuado, mientras trataba de decidir entre las que encontraba en el río. Buscaba de vez en vez en las alturas para ver si podía descubrir el águila que le había quitado el sueño por varias noches seguidas, sin conseguirlo. Una vez más, las garzas eran las únicas que revoloteaban en lo alto con su blanco plumaje y su elegante vuelo, y con sus delgadas patas, cuando se posaban en el agua, parecían ejecutar una danza, pero, por más que esto le pareciera magistral, no era lo que Tonalli buscaba. Finalmente, cansado y decepcionado de buscar y rebuscar sin haber hallado ni la roca ni el águila, decidió regresar a su aldea, en donde sus amigos lo esperaban. Ya que lo habían buscado sin encontrarlo; era como una tradición reunirse por las tardes, cuando entre bromas y chascarrillos pasaban buen espacio de tiempo, a veces sin nada importante que comentar, sólo buscando pasar un buen rato juntos, lo cual hacía que los lazos de amistad que existían entre ellos se hicieran más fuertes. A pesar de que Tonalli valoraba esa amistad, prefería por el momento reservarse los últimos eventos y descubrimientos que le estaban aconteciendo, no por egoísmo o mala voluntad, sino más bien por mera precaución, a sabiendas de que, llegado el momento, tendría que confesarles tanto a ellos como a Nallely su creciente distanciamiento. Tal alejamiento se hacía cada vez más obvio, ya que él se apartaba y se alejaba con rumbo desconocido, sin dejar saber el porqué de su comportamiento, ni el drástico cambio que había ocurrido en su carácter, que de ser alegre y bromista se había transformado en taciturno y callado, un tanto gris un tanto opaco. Ni siquiera Nallely era capaz de descifrar esta transformación tan notoria a los ojos de todos, pero todo esto parecía importarle muy poco a Tonalli, ya que en su mente se le había hecho una especie de obsesión, ese deseo de llevar a cabo el cometido que se había impuesto, que era el motor que lo impulsaba cada día y, de antemano, sabía que no habría poder humano capaz de hacerle cambiar de idea.

Cierta mañana, caminando por un lado del río, el reflejo del sol en las cristalinas aguas rebotaba en sus ojos. Era tal la incandescencia que tuvo que frotarse los ojos para aminorar el dolor que tal brillo le causaba. Tras recuperarse de ese malestar y buscando un mejor ángulo para poder observar con más detalle, descubrió dentro de las aguas lo que había buscado por tanto tiempo: una piedra circular con las dimensiones adecuadas, tal y cual él se la había imaginado tantas veces. Parecía que el astro rey le tendía la mano para así terminar con esa búsqueda, y ahora era sólo cuestión de sacarla de ahí y empezar la elaboración de la escultura con la que tantas noches había soñado. Todo parecía estar cayendo por su propio peso, al menos en teoría eso parecía, pero, sacar la piedra circular de donde se encontraba y ponerla en un lugar seco no iba a ser tarea fácil, así es que armado de unos largos palos que usaría como palancas comenzó la dura tarea, moviendo la roca unos cuantos centímetros cada vez, pero, esto en lugar de desanimarlo, parecía darle más brío y fuerzas para continuar en la singular tarea. Tal vez lo único que hacía esto más fácil era el hecho de que podía permanecer bajo el agua por largos periodos de tiempo, y no tenía que salir frecuentemente a tomar aire. En una de sus inmersiones advirtió la presencia de algo en su contorno, sin embargo, al parecer sólo se trataba de su imaginación, ya que por más que buscaba con la mirada no encontraba nada. Ignorando esa sensación de sentirse observado prosiguió con la tarea de extraer la redonda piedra del fondo del río. A paso lento pero seguro, poco a poco, se acercaba a la orilla, pero, no podía apartar la idea de que algo lo miraba atentamente. En una rápida evolución quedó de frente a donde el imaginaba que encontraría lo que atentamente lo observaba y, en efecto, allí estaban esos mismos ojos que había descubierto en el fondo del lago, los mismos ojos que de un rojo brillante, tal y como se plasmaban en las pinturas del fondo de la cueva del sacerdote. Esta vez, sin embargo, no le causaron el mismo miedo que la primera vez. Percibió que había en ellos cierto brillo de compasión, cierto dejo familiar y, por un momento, tuvo la sensación de haberlos visto desde siempre, como si hubieran estado presentes por toda su vida, aunque él sabía que esta era solamente la segunda vez que se encontraba con aquella mirada. Lentamente, la brillante mirada se fue perdiendo en la distancia, dejándolo sumido en un mar de dudas de las cuales no encontraba respuesta. ¿Qué era aquello? ¿Era un ser humano? ¿Era un animal? No encontraba la respuesta aunque de algo estaba completamente seguro: fuera lo que fuera no tenía la intención de hacerle daño, puesto que de ser así ya habría mostrado esa intención. Después de un largo rato de bregar con la piedra, finalmente ya se encontraba a unos pasos de la orilla, pero sus músculos se empezaban a contraer, víctimas de calambres como consecuencia del esfuerzo realizado. Extenuado y exhausto decidió dejar la empresa por la paz, para continuarla el día siguiente, además de que la luz del día parecía alejarse a pasos agigantados, y ya pronto sería de noche. Saliendo del agua se tiró en la grama fresca, en donde sólo el canto de los grillos y el croar de las ranas hacían segunda al incesante cántico de la cascada al caer sobre las rocas, como si buscasen complicidad en los arpegios de la noche. Una vez un tanto recuperado, a paso lento, inició el retorno en dirección a su aldea, arrastrando los pies. Queriendo evitar el más mínimo esfuerzo daba la impresión de no ser ni la mitad del muchacho activo y alegre, pero, aunque no lo pareciera, había en sus ojos esa llama de vitalidad que lo empujaba a seguir. Llegando a la choza solo optó por tirarse en su petate sin esperar nada, sólo deseaba dormir y descansar. Esa noche tal vez por el cansancio no tuvo sueño alguno, cayendo en el más profundo sopor durmió sin moverse de posición una sola vez.

A la mañana siguiente despertó con una increíble disposición de hacer las cosas bien; en cuanto abrió los ojos, ese brillo y esa vitalidad iluminaban su cara, a pesar de tener muy fijo en su mente la idea de terminar con la escultura de la piedra, también tenía que llevar a cabo las actividades propias de los miembros de esta comunidad. Era día de ir de cacería y sin perder un sólo minuto, reunió lo necesario para salir y capturar una buena presa. Por fortuna lo que se intentaba esta vez era cazar eran jabalines, los cuales abundaban en la jungla a cualquier hora del día. De tal manera que sin esperar por algunos de sus amigos se puso en marcha adentrándose entre los manglares. Los tejones empezaron a demostrar desasosiego con su presencia saltando de rama en rama mientras emitían ruidosos sonidos de alerta, poniendo en sobre aviso a los demás habitantes de la jungla. Tonalli se desplazaba cuidadosamente tratando de mantenerse oculto, ya que había descubierto a su potencial presa. Muy cerca de la orilla, un grupo de inquietos jabalines encabezados por un macho de gran tamaño y de aspecto feroz miraban en todas direcciones, alertados por el bullicio de los tejones. Tonalli, a sabiendas que su presencia había sido delatada, sin pensarlo dos veces salió de su escondite. Para su sorpresa el jabalín macho, en lugar de huir espantado, se detuvo en forma amenazante, con sus grandes colmillos escarbaba la tierra húmeda en señal de duelo. Al ver que el macho le lanzaba un reto decidió a proseguir con ese duelo, dejando entrever su instinto animal, tiró de lado su lanza y sólo se aprestó a defenderse con su cuchillo. Ambos, hombre y bestia, se miraban cuidadosamente en espera de alguna señal, mientras el silencio de jungla parecía ser total, como si todos estuvieran a la expectativa. Poco a poco, Tonalli se fue acercando a la bestia que, sin mostrar el más mínimo asomo de miedo, seguía atentamente cada uno de los movimientos del muchacho, el cual lentamente se acercaba. Los segundos parecían horas y el ambiente se volvía tenso; hombre y bestia, con los músculos tensados a más no poder, seguían en ese juego táctico, tal vez esperando que el enemigo desistiera de su intento y así evitar la confrontación, pero no, ambos seguían ahí en esa angustiante espera. De repente y lanzando un agudo chillido, el jabalín lanzó su primera embestida, la cual Tonalli pudo evitar por cuestión de reflejos, ya que saltó por encima del animal, pero al tratar de apoyar sus piernas en el suelo, descubrió que con sus colmillos el jabalín le había herido la pantorrilla, y empezó a sangrar profusamente. Sin tiempo para consideraciones tendría que sobreponerse al dolor que esto le causaba, ya que el animal se disponía a atacar de nuevo dando fuertes gruñidos y, babeando por el hocico, embistió una vez más. Tonalli, medio aturdido, no pudo evitar que el animal incrustara de nuevo uno de sus colmillos en su costado, causándole una herida tan profunda, que había dejado al descubierto una de sus costillas. Sobreponiéndose al intenso dolor, y tal vez a causa de la adrenalina que corría por sus venas, con un rápido giro el joven se puso de frente a la bestia que venía de nuevo en rápida embestida. Con alarde de reflejos Tonalli esquivó el nuevo ataque y saltó en el lomo del animal, mientras con una mano se sujetaba del cuello con la otra acertaba una estocada con su cuchillo en la parte trasera de la cabeza del jabalín, el cual cayó como fulminado. Entre estertores y gruñidos dejaba ver cómo se le escapaba la vida. Tratando de reponerse Tonalli fue a sumergirse en el agua, las cuales se tiñeron de rojo por la sangre que manaba de sus heridas. Ahí permaneció por un largo periodo de tiempo sumergido bajo el agua. Afuera todo era expectación; los animales, curiosos, contemplaban la escena sin atreverse a emitir el más mínimo sonido. De repente él emerge jalando aire por la boca, y con eso todos los sonidos de la jungla despertaron. El muchacho emergió del agua y se tiró en el suelo para revisar sus heridas, y una vez más el milagro había ocurrido. Sin saber ni cómo ni por qué los tajos que había recibido se habían comenzado a cerrar. No había dolor ni señal de malestar; era como si nunca hubiera sufrido herida alguna, sino todo lo contrario. Se sentía más fuerte y lleno de vida, lo cual lo llenaba de una rara emoción. Algo indescriptible palpitaba en su mente, algo tan irreal pero a la vez tan tangible y excitante. Ahora tenía que buscar la manera de transportar su presa, que era sin duda alguna el más grande jabalín que él hubiera visto en su vida. Con palos y lianas construyó una especie de camilla, lo cual le facilitaría transportar su presa especialmente si utilizaba el río como ruta de acceso hasta su aldea. Con un gran esfuerzo logró depositar al animal sobre la camilla y lo arrastró hasta el riachuelo que desembocaba en la laguna. Con cierta incredulidad esperó que la improvisada tarima se mantuviera a flote, lo cual sucedió. A pesar del enorme peso de la bestia, la tarima flotaba, como si una fuerza extraña la sostuviera en el agua. Aún sin salir de su asombro, el joven cazador empezó a tirar de la tarima, ahora convertida en balsa, y aunque el agua no era nada profunda, la improvisada balsa se mantenía a flote sin tocar el fondo, ,lo cual le permitía ir a toda prisa avanzando sin que hubiera obstáculos que lo detuvieran. En cuestión de poco tiempo ya podía divisar el humo que salía de las chozas, señal de que el pueblo se aprestaba al inicio de las actividades de ese día. Llegó tan cerca cómo le fue permitido y ya que no pudo acercarse más al caserío, haciendo acopio de fuerzas, empezó a tirar de la tarima tratando de sacarla del agua. En eso estaba cuando escuchó a sus espaldas las conocidas voces de Edahi y Yareth, sus amigos, que impávidos por la sorpresa no acababan de asimilar el tamaño de la pieza que su amigo acababa de atrapar. Al ver que sus amigos no hacían nada por ayudarlo, Tonalli los increpó con fuerte voz.

—¿Qué, no me piensan ayudar, y se van a quedar ahí paradotes sin hacer nada?

Edahi, con la boca abierta, sólo acataba a señalar con el índice en dirección del enorme jabalín, mientras que Yareth, víctima de la misma impresión, solamente acataba a mover la cabeza en señal de apruebo a su muda exclamación. Tonalli volvió a gritarles una vez más.

—¡Vamos, vamos, llevémoslo al pueblo que tenemos que prepararlo antes de que se eche a perder!

Aunque la distancia de donde se encontraban de la aldea era en realidad muy corta, les costó bastante esfuerzo trasladar la caza. En la mente de los dos amigos giraban miles de ideas tratando de imaginar cómo le había hecho Tonalli, en primer lugar, para cazarlo y, en segundo, cómo se las había ingeniado para transportarlo tan cerca de la aldea. Pero, conocedores de lo extraordinario que era él, decidieron no hacer ninguna pregunta o más bien se las guardaron para una mejor ocasión. Al entrar en la aldea todo el mundo salió de sus chozas, sin dejar de demostrar el asombro ante el magnífico ejemplar. Cuando alguien trataba de preguntar qué tan difícil había sido el capturarlo, Edahi y Yareth estuvieron a punto de confesar que Tonalli lo había capturado por sí solo, este les indicaba con un gesto que no dijeran nada, y que aceptaran haber participado. Solo Tlaneci, que había estado con ellos hacía unos cuantos minutos, sabia la verdad, pero decidió también seguir con la farsa, y más aún cuando Tonalli dijo que el también formaba parte del grupo que habían cazado tal pieza. Después que las mujeres prepararon los manjares y ya que todos habían satisfecho el apetito, los tres amigos muertos de la curiosidad empezaron a acosar a Tonalli con preguntas con respecto de la presa, a lo cual él, con un tono de indiferencia, solo se concretó a responder: —Lo tomé por sorpresa, ya que estaba descuidado, y acerté cuando le tiré mi lanza, y eso fue todo, no hubo nada de fantástico ni heroico en la captura del jabalín, sólo tengo que decir que fui muy afortunado, y si mentí fue por la única razón de que no quería entrar en detalles con los demás, además de que nadie me hubiera creído...

Los tres amigos, aun a sabiendas de que Tonalli ocultaba la verdad, decidieron dejarlo todo por la paz, quizá con la esperanza de que en alguna otra ocasión él les contaría toda la verdad y les haría participes de todos los misterios y secretos que últimamente rodeaban al joven nahuatlaca. Pero estaban seguros que él escondía algo.

CAPÍTULO IV

Después de pasar un largo rato juntos Tonalli se despidió de sus amigos alegando que se sentía en cierta manera cansado, y que pensaba ir a descansar un poco. Cada uno se retiró por su propio lado, pero Tonalli, lejos de irse a descansar, se dirigió hacia el río con la intención de finalizar la tarea de terminar de extraer la piedra circular del fondo del río. Imaginaba que si se apresuraba, en cuestión de unas dos horas podría haberla sacado a lo seco por completo, y mentalmente se preparaba para la faena. Una vez a las orillas del río y sin pensarlo mucho se tiró al fondo en donde recordaba se encontraba la piedra. Una vez llegando al lugar que él consideraba la encontraría, con los ojos bien abiertos buscaba por todos lados, pero, nada; la piedra ¡parecía haberse esfumado! Por un momento llegó a pensar que tal vez se habría equivocado de lugar y que la piedra se encontraría un poco más adentro. Sin embargo, tenía la certeza de que se encontraba en el sitio exacto. Decidido a encontrar la roca trató de cambiar la técnica y salió a la superficie, imaginando que le sería más fácil localizarla, ya que era así como la había encontrado. Subiendo a la parte más alta del peñasco recorrió con la mirada la superficie en cuyas aguas transparentes se podía ver el fondo, pero no había rastro de la piedra. Su mente comenzó a llenarse de preguntas. ¿Qué había pasado exactamente? ¿A dónde se había movido la piedra? ¿Habría sido producto de su imaginación? Se formulaba una y otra pregunta pero, desafortunadamente, no tenía respuesta para ninguna de ellas, y conforme pasaba el tiempo, la frustración y la desesperanza se iban apoderando de su mente. Estaba a punto de regresar a la aldea cuando una sombra cruzó por el suelo. Al volver la mirada descubrió en el cielo la majestuosa águila que planeaba lentamente por los aires. Agitando las alas se posó sobre las ramas de un árbol a la orilla del río. El águila volteó su cabeza en dirección del joven, y clavando su mirada en él parecía querer decirle algo. Después de un corto tiempo volvió a agitar sus alas y se elevó por los aires una vez más. Tonalli echó a correr en la dirección del árbol donde el águila se había parado, pero, por más rápido que corría era imposible darle alcance, y se empezaba a perder entre las copas de los árboles. Jadeante, a medio respiro, llegó finalmente al punto de partida del águila. Tratando de recobrar el aliento se sentó a la sombra del frondoso árbol. Agitado y desconsolado tomó una vara que había encontrado y con ella removió la hojarasca que había en el suelo. Para su sorpresa algo empezó a descubrirse y su asombro fue en aumento al reconocer la misma piedra que infructuosamente había buscado y dado por perdida. Mas, ¿cómo había llegado hasta ahí? ¿Quién la había traído, y por qué la había escondido? Instintivamente volvió su mirada hacia el río en el mismo momento que algo o alguien parecía haberse sumergido, ocultándose así de la mirada de Tonalli. Este no podía creer su suerte y saltaba de alegría. Sin perder más tiempo se avocó a remover lo que quedaba de las hojas secas que cubrían la piedra hasta, que al fin la dejó al descubierto por completo, pero, eso no era todo. Justo al lado de la roca se encontraban también herramientas de piedra con lo que se ayudaría a esculpir lo que giraba en su cabeza. Aquí fue donde empezó a comprender que aquel ente, fuera lo que fuera, trataba de ayudarlo. La pregunta era ¿por qué? ¿Qué misterio encerraba este extraño ser, y a qué se debía el interés que le demostraba? Tenía la esperanza de que pronto se esclarecerían todas estas dudas. Por lo pronto, lo primero sería cómo esculpir la roca si no contaba con la más mínima experiencia. Tomó las rocas que le servirían como herramientas y caminó de un lado hacia otro, sin saber ni cómo empezar. Pensó que tal vez sería más fácil si dibujara sobre la roca la imagen que visualizaba. Llegando a tal conclusión recogió pedazos de carbón para delinear la imagen y así empezar a dibujar, una y otra vez borrando una y otra vez cada boceto que intentaba plasmar sobre la piedra. Al final del día cansado y sin haber progresado en lo absoluto, se dispuso dejar todo por la paz, pero, en su mente tenía la firme decisión de lograr este propósito, ya que por algo se le había encomendado esta misión. Aunque no sabía ni quién ni por qué, tenía la certeza de que así era. Sin haber avanzado en su boceto se sentía extenuado como si hubiera realizado una grandiosa obra.

Caminaba cabizbajo en dirección de la aldea y no se percataba que unos pasos lo seguían muy de cerca, hasta que finalmente advirtió la presencia de alguien y, al dar media vuelta abruptamente, se encontró cara a cara con Nallely. La joven denotaba preocupación por el extraño comportamiento de su amigo. Él, a sabiendas de que todo su comportamiento obedecía a ciertos arreglos del destino, prefirió no alarmarla contándole nada de lo sucedido últimamente, optando por salirse por la tangente cuando ella trataba de averiguar el porqué de su extraña actitud. Sin hablar del tema y tomados de la mano, caminaron por la vereda que conducía a la aldea, y pretendiendo que nada diferente sucedía, pasaron toda la tarde yendo de un lado para otro, disfrutando de la naturaleza y de su propia naturaleza como los jóvenes enamorados que eran. Sin poder predecir los renglones del destino, se dedicaron a pasar ese momento sin importar lo que pudiera venir, tirados en el pasto pasaron largo rato, mirando primero las ultimas luces del día y poco más tarde la luz de la luna y las estrellas en el alto firmamento. Sin pronunciar palabra alguna, como si temieran estropear la magia de ese momento, pasaron gran parte de la noche hasta que fue la hora de despedirse. Después de un fuerte abrazo y un largo beso, Tonalli llevó a la muchacha hasta la puerta de su choza, alejándose después con un cumulo de ideas flotando en su cabeza. ¿Qué tal si les contaba todo a sus amigos? ¿Qué tal si se olvidaba de todo lo acontecido y se dedicaba a vivir una vida normal como cualquier otro joven de la tribu? Aunque todas estas preguntas parecían tener una respuesta lógica, siempre volvía al mismo punto de partida, no porque el sacerdote hubiese puesto esto en su cabeza, sino porque él sabía que tenía un destino que cumplir, y al final de cuentas no había poder humano que lo salvara de lo que finalmente ya estaba escrito para su futuro; de una u otra manera, al final siempre llegaría a la misma conclusión, que estaba escrita para él solo y nadie más.

Al día siguiente, después de terminar con las labores designadas y de comer, se dirigió al río, más concretamente hacia la cascada. Sentimientos encontrados rondaban en la mente del joven. Por un lado, el deseo de que todo esto sólo fuera producto de un mal sueño del que de un momento a otro despertaría para así tener una vida normal como los demás; en la contraparte, la curiosidad lo mataba y ansiaba descubrir lo que el destino le deparaba, y conocer cómo sería de importante en un futuro próximo, tal cual se lo había vaticinado el sacerdote. Esa encrucijada lo torturaba constantemente. Así, hundido en sus cavilaciones se vio frente a la majestuosa cascada de cristalinas y transparentes aguas. Paso a paso se fue acercando a donde se encontraba la piedra circular, dudando por un momento de que de verdad se encontrara allí donde la había dejado. Pero no, allí estaba como si lo estuviese esperando, casi como si lo invitase a plasmar en ella ese sagrado símbolo que sería el emblema de toda una nación. Aunque para esto el joven no tenía ni la más mínima idea de cómo comenzar tal tarea. A pesar de sus habilidades físicas reconocía su ineptitud en las artes, pero se las tendría que ingeniar de alguna manera para así esculpir en ella esa idea que bullía en su cabeza. Tras remover la hojarasca que parcialmente cubría la roca, grande fue su sorpresa al descubrir unos trazos que obviamente él no había puesto ahí, pero, que se semejaban bastante a la idea que él había imaginado. Al parecer alguien tenía la misma noción de los eventos que habían ocurrido, y sin tener una sola duda sabía que se trataba del misterioso ser que habitaba en las profundidades de las aguas. Era casi palpable la participación del extraño ser en los trazos que veía en la circular roca, una especie de águila-garza que entre sus garras sujetaban a una serpiente. Mas, ¿qué significaba todo esto? ¿Cómo podía esta imagen representar tan relevante importancia para un pueblo? Por más que lo veía no alcanzaba a descubrir ese misterio, sin embargo esa era la imagen que él se había formado en su cabeza, y alguien más tenía esa misma idea. Decidido a esculpir la imagen trazada sobre la piedra, escogió todas las piedras afiladas que se encontraban en derredor de la piedra circular, examinándolas para encontrar la adecuada y así iniciar con la obra. Finalmente, después de largo rato de observación, se decidió por la piedra que parecía la más afilada y por la que usaría para golpear sobre la otra. Después de sopesar varias de ellas se decide por una roca redonda y lisa. Esa sería la piedra correcta ya que a su parecer esta tenía el peso y balance adecuado. Dando un profundo suspiro se posó ante la piedra circular y con herramientas en mano, se encomendó a sus dioses al lanza el primer golpe. Al parecer, la piedra circular era demasiado dura ya que su primer golpe ni siquiera hizo mella sobre ella. Imaginando que tal vez su técnica no era la más adecuada, buscó el ángulo más propicio cambiando la posición de la piedra afilada tratando así encontrar de qué forma podría avanzar en este proyecto. Por más que se esforzaba, no parecía causar el más mínimo desgaste sobre la piedra circular. Después de un largo rato de infructuoso golpear sin obtener resultados, ya frustrado, dio golpes desordenados hasta que por su imprudencia se golpea el dedo pulgar de la mano derecha, provocando que un gran chorro de sangre cayera sobre la roca circular. Furioso consigo mismo arrojó sus improvisadas herramientas lo más lejos posible, mientras que su sangre seguía manando profusamente, manchando la gran roca. Al darse cuenta de esto, trató de minimizar el daño que había causado sobre la piedra tomando unas hojas secas de plátano, las cuales humedeció, y así tratar de borrar el rastro de la sangre sobre de la piedra. No obstante, ocurrió todo lo contrario: en lugar de borrar la mancha esta pareció expandirse sobre la superficie rocosa, y por más que le tallaba con las fibras de las hojas de plátano, el daño parecía ser irreversible. Desalentado a más no poder decidió dejar las cosas por la paz. Mientras recogía todas sus herramientas notó que su dedo parecía no haber sufrido golpe alguno, y que había sanado por completo; la única prueba de su herida era la gran mancha de sangre que se extendía sobre una gran superficie de la roca circular. Buscando disipar su frustración se tiró a las frescas aguas del río, a cuyo contacto parecían un bálsamo a sus atribulados pensamientos y, por muy extraño que le pareciera, era ahí donde de verdad se sentía identificado. Sentía como si él hubiera nacido en este elemento, como si fuera un pez que depende del agua para sobrevivir. Era ahí donde todas sus preocupaciones parecían desaparecer y se dejaba llevar por las corrientes, mientras que los peces se arremolinaban a su derredor. Tal pareciera que ellos entendían que él era parte de este mundo acuático, y trataban de hacerlo sentir bienvenido. Él, por su parte, se dejaba querer por las diferentes especies que habitaban el río y descubría por primera vez la cercanía que al parecer tenía con las criaturas, que curiosas lo rodeaban. Después de un largo rato de nadar y sumergirse en las profundas aguas, decidió salir y regresar a su aldea. Dentro de su ser había algo que lo llenaba de nostalgia, como si le doliera salir de este medio ambiente en el cual se sentía completamente identificado. Relajado, regresó paso a paso a su aldea.

Esa noche sus sueños lo transportaban a lugares irreales y fantásticos, todos rodeados de agua y animales acuáticos. Las burbujas de aire se elevaban con rumbo de la superficie, mientras que los pececillos jugaban con ellas tratando de evitar que estas llegaran a hacer contacto con el aire. Remolinos de agua se formaban a su derredor y él se dejaba llevar por estos, una y otra vez en una especie de danza. Los rayos de la luz de la luna se filtraban a través del agua, inundando la escena de plateados haces de luz. Todo parecía al mismo tiempo irreal como mágico, y eso lo transportaba a un estado de infinito placer y una tensa calma. Era como si en su subconsciente temiera salir de ese trance, de ese sentimiento de ingravidez en donde más que flotar tenía la sensación de que volaba, y en un rápido movimiento se desplazaba hasta la superficie para luego volver a hundirse hasta lo más profundo de las aguas y tocar con sus manos las arenas tan finas, que semejaban girones de seda. Más allá descubría la presencia de una figura flotando en el agua que parecía observarlo con detalle y, aunque la imagen debido a la distancia era un tanto borrosa, se distinguía claramente el brillo de unos ojos rojos como brazas ardientes que no perdían detalle alguno del ir y venir del joven azteca, a quien por extraña razón parecía no molestarle o inquietarle esta presencia. Más bien se sentía en cierta manera protegido, como si ese ente fuera alguien de la familia, alguien muy cercano a él, alguien que aun sin conocerlo sabía que podía confiar en él. Esto le daba este sentimiento de seguridad y protección y, en cierta manera, lo hacía sentirse tan fuerte e invencible, tan seguro y confiado. Con rápido movimiento trató de acercarse y de alguna manera, al mismo tiempo, la figura parecía estar siempre a la misma distancia. Por más esfuerzo que hacía no lograba acercarse en lo más mínimo a la figura flotante, y a pesar de que esta no parecía esforzarse en lo absoluto, siempre mantenía el mismo espacio entre ambos. Después de un largo rato de encontrase sumergido en este increíble sueño, finalmente logró salir de ese marasmo. Cayó profundamente sedado, y una absoluta paz se reflejaba en su rostro. Así transcurrió el resto de la noche, sumido en un profundo sueño, recuperando las energías pérdidas durante su ajetreado día, y preparándolo para las nuevas aventuras que sabía se presentarían con los nuevos rayos del sol. El nuevo día llegó despertando a cada criatura de esta parte del mundo, llenando de nuevo a la aldea de sonidos y colores, inundando la atmósfera de vida y luz, de sueños y esperanzas. Los habitantes de la aldea, dejando a un lado la modorra, se preparaban a dar inicio a la nueva jornada. Tonalli se levantó con un sentimiento de vitalidad y alegría al mismo tiempo. Debía de ser por lo bien que había descansado por la noche. Después de tomar un buen desayuno se reunió con sus amigos para dar así inicio a las labores cotidianas. Todo transcurría de manera amena y divertida debido al buen humor que el joven derrochaba. Contagiaba a sus amigos haciendo que la jornada se tornara menos tediosa y aburrida. Sus amigos apreciaban de verdad este lado optimista y divertido de Tonalli, aunque sabían que el joven ocultaba un oscuro secreto. No se atrevían a indagar acerca de esto y sólo se dedicaban a disfrutar de estos momentos de sana diversión. Después de terminar con las labores del día encendieron una fogata, y sentados en círculo alrededor de la lumbrada calentaron sus alimentos para después devorar estos con singular apetito. La comida transcurrió entre risas, anécdotas, chistes y bromas. Un poco más tarde, argumentando alguna excusa, el joven se despidió. Sus amigos ya se habían acostumbrado a estas abruptas desapariciones, y no objetaron en lo más mínimo la repentina decisión del joven. A paso veloz se dirigió con rumbo del río, como si se preparara mentalmente para la elaboración de la escultura, sin saber a ciencia cierta cómo le haría para terminar esta, o más bien dicho como le haría para empezarla. Conocedor de sus debilidades, sabía de su poca pericia como escultor y recordaba cómo había sido su primer día cuando se había aplastado uno de sus dedos, y su sangre había manchado la roca circular. Sin embargo hoy tenía la certeza que tendría ciertos avances. Con estos positivos pensamientos llegó a la cercanía del río donde el ruido de la cascada se confundía con el cántico de las aves. Todo parecía en perfecta armonía, y esto le daba el optimismo necesario para pensar que todo iría mejor esta vez. La fresca brisa mecía sus cabellos y rozaba su piel, dándole una sensación de libertad y paz al mismo tiempo. Tomó una gran bocanada de aire llenando de oxígeno sus pulmones, como si con esto buscara llenar también su mente y sus extremidades de ese talento y sabiduría que tanto necesitaba. Movió de un lado a otro su cabeza buscando con esto librarse de la tensión que se acumulaba en su cuello. Acto seguido agitó también sus brazos en un acto que más bien parecía estarse preparando para una encarnizada pelea, que para lo sublime del arte, sin embargo, esa era la forma en que él solía prepararse para todas las actividades que él realizaba a diario y esta, por supuesto, no tendría que ser la excepción. Sintiéndose listo para iniciar esta tarea llegó hasta donde tenía las improvisadas herramientas para esculpir la roca. Cuidadosamente seleccionó las piedras que el consideró serían las más filosas, al mismo tiempo que pensaba estas serían las más adecuadas para así poder llevar a cabo un mejor trabajo. La piedra estaba casi cubierta por hojas secas y las hojas de plátano, aún manchadas de su propia sangre vertida el día anterior, y al removerlas mayúscula fue su sorpresa al descubrir que en lugar de la mancha de sangre sobre la piedra circular, se encontraba perfectamente esculpido un bajorrelieve donde aparecían las garras del águila-garza sujetando a una serpiente. Inmediatamente volteó hacia el río tratando de descubrir dónde se encontraba la extraña criatura, ya que deducía perfectamente que era la responsable de haber esculpido esa parte de la roca. Aún sin ver en donde se encontraba, en cierta manera sabía que estaba observando en algún lugar, y era una rara sensación el saber que su presencia lo empujaba a continuar en algo que no tenía la menor idea de cómo hacerlo. Ensimismado en tratar de continuar con la escultura, no advirtió que un par de ojos lo seguían muy de cerca tomando nota de cada detalle de lo que hacía; era Yaotzin, el sacerdote que con mirada malévola observaba los movimientos del joven, como si tratara de imaginar lo que este estaba llevando a cabo. Al mismo tiempo, al pie de la cascada, estaban unos ojos rojos no despegaban su atención de cada movimiento del sacerdote; eran los de la criatura acuática y cuyos ojos parecían brillar de manera más intensa. Tonalli, ajeno a todo este drama, se preparaba en lo que podía, buscando el ángulo adecuado para así tener la mayor eficiencia y coordinación, buscando en la lógica lo que no encontraba en sus escasas habilidades artísticas. Así, comenzó a esculpir la roca con suaves golpes, tímidos quizás, tratando de no dañar las partes que ya habían sido talladas. No obstante, no veía avance alguno en cada golpe que daba por lo que decidió emplear un poco más de fuerza cada vez que asestaba con sus herramientas la superficie de la roca circular. Finalmente empezaba a descubrir cuál era el secreto de esta actividad, pero también descubría que debería de armarse de una gran paciencia. Desafortunadamente para él, paciencia era lo menos tenía, y cada vez que accidentalmente se golpeaba los nudillos de los dedos su frustración y coraje parecían ir en aumento. Después de más de una hora, poco o nada se notaba en los avances de la escultura, y cada vez propinaba golpes más duros a la roca, la cual seguía sin mostrar cambio alguno. El clima era fresco y la brisa soplaba de manera constante, sin embargo él sudaba copiosamente y respiraba de manera agitada, como si estuviese haciendo el mayor de los esfuerzos, y de verdad, el esfuerzo mental del joven iba más allá de lo humanamente posible. Lo más grave de todo era de que no se veía avance alguno, y eso contribuía a elevar el nivel de estrés en cada uno de los golpes que furiosamente asestaba a la roca, y con esos desaforados intentos ocurrió lo inevitable: la roca que le servía de cincel se partió en dos con inusitada fuerza y una de las mitades se incrustó directamente en la muñeca de su mano izquierda. Fue tanto el dolor que un fuerte grito escapó de su garganta espantando, con esto a todos los animales que merodeaban por ahí. La sangre fluía de manera aparatosa, y una vez más lleno la superficie de la roca con el viscoso líquido. El intenso dolor que sentía causaba que todo se le nublara a su derredor, y trastabillando buscaba algo en que apoyarse. Poco a poco empezó a sobreponerse, e inmediatamente se acercó al río con el propósito de lavarse la herida. Después de ponerse un poco de agua descubrió con gesto de terror cómo algunos tendones parecían completamente partidos. Además se observaba al fondo de la herida algo de color blanco, lo que le hacía pensar que se trataba de uno de sus huesos. Tomando un poco de arcilla se cubrió la sangrienta herida, y luego con algunas hojas terminó por cubrirla. Estaba muy seguro que esta vez no habría esa cura mágica que lo había ayudado en otras ocasiones, sin embargo el dolor parecía irse aminorando conforme pasaban los minutos. Un poco más recuperado decidió regresar a la aldea; en este momento no le importaba nada en lo absoluto, y allí quedaba solo una gran mancha de sangre esparcida por gran parte de la superficie de la roca. Esta vez ni siquiera hizo el intento de tratar de limpiarla, y aunque el dolor iba desapareciendo, sentía cierto miedo de mirar la magnitud de la herida. Pensando que tal vez sus tendones habían sido dañados de manera irreparable, no se atrevía a realizar el más mínimo movimiento, imaginando que le sería imposible en el futuro el uso de sus dedos y de su mano en general. Deambuló por un largo periodo de tiempo, sin un rumbo fijo ni destino definido. Siendo la luna de plata el único testigo de la incertidumbre del joven, gruesos nubarrones se empezaron a acumular en el cielo cubriendo por momentos la luz de la brillante luna. Sin saber ni como se encontraba de nuevo cerca de la cascada en ese momento, las nubes cubrieron por completo la luz de la luna y un pertinaz aguacero se dejó sentir. La fresca lluvia parecía el bálsamo que necesitaba, ya que de inmediato empezó a sentirse más despejado y con un ánimo impresionante; había algo en el agua que lo reanimaba de manera inmediata. Para entonces la oscuridad era completa; no se podía mirar más allá de las narices, sin embargo, todos sus sentidos se encontraban alerta. Por esa razón escuchó perfectamente el chapotear del agua, como si alguien entrara o saliera del río. Claramente percibió el sonido de alguien caminando en las partes bajas del río, y aunque la visibilidad era casi nula, tenía la certeza de saber de quien se trataba. Paso a paso llegó hasta la orilla del río y con voz pausada empieza a decir: —Yo sé que estás ahí, sé que puedes escucharme y aunque no se ni qué, ni quién eres, confió en ti, y he llegado a la conclusión que hay cierta cercanía entre tú y yo. Dime cuál esa cercanía y por qué siento que hay un lazo entre nosotros.

Después de haber dicho esto se quedó completamente en silencio, esperando escuchar algo como respuesta a sus palabras. Sin embargo, nada respondió a su voz. Una vez más volvió a intentarlo con la esperanza de tener más suerte y captar una señal como contestación a lo que él decía.

—Tenemos que hablar... tengo tantas dudas, tantas preguntas, y yo sé que tú puedes darme una respuesta, yo sé que tú sabes que es lo que me pasa, y si es que tengo un destino que cumplir, quisiera saber cuál es; ayúdame a esclarecer todas estas dudas que me están matando.

Una vez más guardó silencio, y sólo el sonido de la cascada respondió a sus preguntas. Después de dar un fuerte suspiro sacudió su cabeza y dio vuelta para dirigirse a su choza. Entonces escuchó el chapotear del agua una vez más, pero ya no se detuvo y prosiguió su camino con rumbo de la aldea, sabiendo que muy pronto tendría todas las respuestas que buscaba.

Después de pasar la noche sin novedad, el nuevo día llego como cualquier otro. Los murmullos y colores de la jungla despertaban a la vida, la algarabía de los pericos y las guacamayas, así como las chachalacas, dejaban saber que una nueva jornada había empezado. Era tal el regocijo de la jungla que el canto de las aves despertó a Tonalli. Tras ponerse de pie completamente satisfecho y relajado como consecuencia del descanso obtenido durante la noche, volvieron a su mente los eventos ocurridos la tarde-noche del día anterior, e instintivamente prestó atención a su mano izquierda. Removiendo las hojas que cubrían la supuesta herida y aunque no existía dolor alguno, cierto temor le azotaba el alma, y por esa misma razón no se atrevía a hacer movimiento alguno, imaginando que tal vez le sería imposible mover sus dedos. Cuidadosamente terminó por remover las envolturas para descubrir que no quedaba rastro alguno de la grotesca herida del día anterior. Poco a poco empezó a mover sus dedos, los que sin problema alguno lograba extender y contraer sin dificultad, mientras abría y cerraba su puño en repetidas ocasiones. Lo invadió un sentimiento de alivio al comprobar que no había perdido sus habilidades motoras en su mano, y al mismo tiempo aliviado de no tener que rendir explicación alguna a sus familiares y amigos acerca de su infortunado accidente. Por primera vez cruzó por su mente el dejar todo por la paz y sólo dedicarse a crecer como cualquier otro muchacho de su edad y vivir una vida tranquila y sin sobresalto, sin importar lo que le fuese deparado por el destino. Por esa sencilla razón, ese día, sin darle la mayor importancia a los presagios del sacerdote, se dedicó la mayor parte del tiempo a disfrutar a sus amigos como hacía ya buen tiempo no hacía. Ellos estaban un tanto sorprendidos por ese repentino cambio, pero contentos de tenerlo de regreso como él había sido antes. El día estuvo ameno, lleno de risas y disparates, lo que hizo que las horas pasaran de prisa recordando todas las diabluras que alguna vez llevaron a cabo y que, amparadas en su inocencia y juventud, eran simplemente juego de niños. Después de tomar su comida cada uno se dispuso a regresar a sus chozas. Lo raro de todo era que esta vez Tonalli parecía quedarse un poco más de tiempo en la compañía de sus amigos, pero sabía también que no podía jugar con sus sentimientos. Sin agregar nada más sólo se despidió del grupo, dando gracias a la fortuna de haber tenido un día placentero y sin sobresalto. Sin pensarlo mucho una vez separado del grupo se dirigió a la choza de Nallely, la cual lo esperaba con una sonrisa, sin ningún reproche ni queja, feliz de poder contar con su presencia, pensando que a la mejor todo esto cambiaría y Tonalli volvería a ser el mismo muchacho alegre y divertido que siempre había sido. Sin decir palabra alguna caminaron por mucho tiempo tomados de la mano, como tratando de evitar arruinar el momento, al fin y al cabo sus miradas se decían todo, sin necesidad de la expresión oral. La tarde comenzó a teñirse de gris y el canto de las aves y el ruido de la jungla dio paso al canto de los grillos y de los animales nocturnos, mientras que las estrellas titilaban en lo alto, siendo testigos de ese amor que había entre estos dos jóvenes. Después de caminar por un buen rato, Nallely casi en un susurro se atrevió a romper el silencio.

—Dime qué es lo que te pasa, yo necesito saberlo. Cualquiera que sea tu secreto, ya sabes que siempre cuentas conmigo en las buenas y en las malas; yo no estoy aquí para juzgarte sino para ayudarte, y cualquiera que sea esta situación, si estamos juntos, será más fácil que la resolvamos.

Tonalli guardó silencio por un largo rato como si estuviera evaluando la situación, o más bien como si estuviera decidiendo entre decirle o no el misterio que lo rodeaba. En cierta forma estaba temeroso de que si relataba sus experiencias se le tirara de loco, por lo extraordinario que era lo que le ocurría. Tonalli dio unos pasos y pasando su mano por su negra cabellera dio un fuerte suspiro y finalmente volteó a mirar a Nallely directamente en los ojos. Con voz grave la tomó de las manos y pausando sus palabras comenzó a explicar.

—Tengo... una misión... se me ha encomendado... tallar en piedra una imagen... una imagen que yo he visto en vida y también en mis sueños...

Nallely, confundida al mismo tiempo que sorprendida, no atinaba qué responder, ya que en su mente giraban varias preguntas: ¿Quién te encomendó tal misión? ¿Cuál es la imagen que tienes que tallar?, ¿Por qué se te ha designado hacer esto? Y sobre todo ¿por qué tanto misterio? ¿Por qué tanto secreto?

Tonalli, imaginando la marejada que pasaba por la mente de la joven, se apresuró a esclarecer las preguntas que se imaginaba ella se estaría haciendo en ese momento. Con más confianza comenzó a develar el misterio que le rodeaba.

—Existe un personaje en el fondo de las aguas que por más increíble que parezca, es algo así como mi protector, y aunque a decir verdad sé muy poco de él, puedo asegurarte que existe cierto lazo entre él y yo. Es como si lo conociera de toda la vida; con unas cuantas ocasiones que lo he visto sé que no busca dañarme y que en cierta manera trata de protegerme ¿De qué? Aún no lo sé, porque desconozco si él es capaz de hablar. La verdad que tengo mis dudas, es un ser extraño, es como si fuera mitad hombre y mitad lagarto, y vive, como ya te lo dije, al fondo de la laguna.

Al notar que la joven lo miraba con cara de incredulidad, como si pensara que él se estaba burlando de ella y sólo le quería gastar una broma de mal gusto, buscaba algo que le ayudara a hacerle saber que todo esto que le decía era una realidad, aunque a todas luces pareciera fantástico e irreal, poniendo más énfasis en sus palabras continua diciendo.

—Sabes que puedo aguantar la respiración bajo el agua por un largo rato, ¿verdad? Creo que es ahí donde está la solución de este misterio, además de que ¿cómo te explicas porque nunca me enfermo, y cuando me corto o me hago una herida, cómo explicas lo rápido que sano?

Ella guardó silencio, como asimilando cada palabra que él decía, como si cierta verdad empezara a iluminar su cerebro. Pero, todo eso parecía tan irreal, tan increíble, y aunque empezaba a tomar en cuenta esos detalles que él le había señalado —que anteriormente ella y sus amigos habían comentado entre ellos— de eso a que existiera ese extraño personaje al fondo del lago había mucha distancia. De ser algo creíble y tangible, a pesar del amor que Nallely sentía por Tonalli, la joven no podía aceptar de fácil manera que existiese tal personaje.

El muchacho continuaba contándole toda la historia desde el principio. El tiempo transcurría mientras él exponía con una gran viveza cada detalle de lo que había ocurrido desde que él se había distanciado un poco del grupo de amigos. Por más énfasis que él le ponía a su narración no podía dejar de notar el gesto de incredulidad en la expresión de la joven, que a duras penas lograba contener una risita burlona. Lo único que la detenía era el amor que sentía por el joven y no buscaba lastimarlo de ninguna manera. Pero ya era demasiado tarde; Tonalli había advertido ya ese gesto burlón de Nallely y decidido a dejar todo en claro se puso de pie abruptamente y sin decir palabra, tomó a la joven de la mano y comenzó a conducirla de manera rápida y brusca en dirección del río. Poco importaron las quejas y protestas de la joven, que buscaba una explicación a su repentino mal humor, pero, al mismo tiempo, conocedora del temperamento de Tonalli, decidió guardar silencio hasta descubrir lo que el joven se proponía. Rápidamente llegaron a la orilla de uno de los riachuelos, y aunque el caudal era mínimo parecía servir a los propósitos que él buscaba.

Jadeando al mismo tiempo por el coraje que le causaba la incredulidad de Nallely y por el trote que habían sostenido para llegar al riachuelo, aún sin decir palabra, buscó entre las rocas de la orilla del río, hasta que finalmente encontró la le pareció la más adecuada. Nallely lo miraba sin tener la menor idea de lo que Tonalli se disponía a llevar a cabo, pero, sin decir palabra sólo lo seguía con la mirada, esperando pacientemente a que le diera una explicación. La luna brillaba en su máximo esplendor y en los ojos de Tonalli había un brillo extraño, como si un aire de demencia se hubiera apoderado de él, y sentándose en una piedra cercana miró fijamente a la joven y en sus labios se dibujó una mueca que buscaba ser sonrisa. Su respiración agitada denotaba la excitación que el joven estaba sintiendo. Bajo la tenue luz de la luna, sus facciones parecían transformarse dándole un aspecto demente y diabólico, que sin poder ocultarlo erizó la piel de Nallely, mientras que escalofríos recorrían su cuerpo. Tonalli levantó sobre su cabeza la afilada roca y dando un fuerte suspiro descargó un fuerte golpe sobre su pierna derecha. En el silencio de la noche se escuchó un fuerte grito de dolor de Tonalli, acompañado de un grito de espanto y miedo de Nallely, que sin tener tiempo a pensarlo ya se encontraba al lado del joven tratando de auxiliarlo, preguntándose a sí misma el porqué de tal acción. Al mismo, la joven descubría con espanto el gran tajo que Tonalli tenía en la pierna, del cual la sangre fluía con exageración. Él, al notar la angustia y desesperación de la joven, que por más que lo intentaba no lograba contener su llanto y fuertes estertores sacudían su cuerpo, la tomó de la mano, y al mismo tiempo que fingía una sonrisa le dijo con voz casi imperceptible: —Nallely no te preocupes, todo va a estar bien, solo ayúdame a llegar al agua ya verás cómo me recupero pronto; no tengas miedo solo quiero probar que no te he mentido.

La joven, sin pronunciar palabra, lo ayudó a incorporarse, y haciéndolo que se apoyara en su cuerpo poco a poco empezaron a avanzar con dirección del riachuelo, que, aunque se encontraba a solo unos cuantos pasos de distancia, llegar a él parecía casi imposible, ya que atravesar las rocas, en las condiciones que se encontraba Tonalli, era una proeza casi increíble. Conforme avanzaban dejaban un rastro de sangre, el cual brillaba al reflejo de la luz de la luna. Después de un largo rato y de un indescriptible suplicio, finalmente ya estaban a la orilla del agua, la cual se tiñó de rojo inmediatamente que su pie entró en contacto con ella. Aunque el riachuelo no era nada profundo se adentraron hasta que consideraron que al sentarse ahí el agua cubriría por completo sus piernas. Con sumo cuidado, Nallely le ayudó a sentarse tratando de evitar lastimarlo en lo más mínimo. Una vez sentado en el agua Tonalli, esperó pacientemente a que el milagro del agua ocurriera una vez más, mientras Nallely, sin ocultar su preocupación, sólo esperaba que el joven tuviera la razón. Transcurrió un largo rato en los cuales la sangre se mezclaba con el agua, llenando de angustia el corazón de la joven doncella. Poco a poco el agua empezó a aclararse como prueba de que la sangre había dejado de fluir, pero eso no quería decir que todo hubiese terminado, Nallely aun temía que su amigo se hubiera equivocado, y trataba de evitar mirar la profunda herida en la pierna del joven. Este, sabiendo la preocupación de ella, le sonreía de manera misteriosa, con lo que sólo conseguía preocupar aún más a la joven. Buscando alentarla le tomó la mano al tiempo que se incorporaba lentamente, y al descubrir la profunda herida, de esta sólo quedaba un pequeño rastro. Sorprendida y boquiabierta, Nallely no acababa de entender cómo era posible tan pronta recuperación, ni siquiera como sería posible recuperarse después de recibir tremendo tajo y no mostrar la más mínima huella de ella. Todo esto era de verdad algo más allá de lo normal, algo más allá de lo creíble, ¡era simplemente sobrenatural! Si alguien se lo hubiera contado lo habría tomado como una broma de mal gusto. Tonalli, debilitado obviamente por la pérdida de tanta sangre, dibujaba en su rostro esa sonrisa que derretía cualquier enojo que se pudiera alojar en el corazón de la joven, la cual no atinaba si reír o llorar. Fuertes espasmos sacudían su joven cuerpo víctima de las emociones, que hacía poco tiempo le habían embargado de pánico su joven corazón. Un tanto más recuperado, Tonalli la tomó entre sus brazos y, acariciando con ternura su negra cabellera, le susurraba al oído.

—Esto es lo que he estado guardando como secreto porque no quiero que nadie se entere, ya que ni yo mismo puedo explicarme por qué me pasa esto, a qué se debe este misterio, y cuál es la relación que existe entre mí y el ser de la laguna, además de que intento descubrir porque Yaotzin tiene dibujada en la caverna la imagen de ese hombre del agua ¿qué es lo que él sabe?

Después de haberse recuperado casi completamente, decidió llevar a Nallely al lugar en donde se encontraba la piedra circular—y a pesar de que la distancia no era tanta se tardaron bastante tiempo en llegar allí ya que se fueron caminando paso a pasito—lentamente disfrutando de la compañía el uno del otro, hasta que finalmente arribaron al lugar. El paraje se encontraba completamente iluminado por el disco de plata que colgaba del cielo. Sin prisa alguna empezó a descubrir la roca cubierta por hojarasca, y allí estaba casi tres cuartos del bajorrelieve tallados de manera casi perfecta. Nallely, boquiabierta, no daba crédito a lo que veía. Esto sobrepasaba lo ella había imaginado que encontraría. No podía dar crédito a lo que sus propios ojos captaban, ya que era la más perfecta obra que nunca antes había visto. De nuevo, un caudal de preguntas se le agolpaban en la mente y no encontraba por cuál empezar. Tartamudeando, sin poder pronunciar palabra y sólo atinando a balbucear pequeñas frases entrecortadas sin sentido ni significado alguno, finalmente se repuso de esa agradable sorpresa, y de manera baja, casi en susurro, se atrevió a exclamar de manera imperceptible.

—Es bellísima, es increíble que tú la hayas tallado, nunca supuse que tú fueras capaz de semejante tarea, ¿dónde aprendiste a hacer esto, quién te enseño? Casi todo el tiempo la hemos pasado juntos y nunca nos enteramos que fueras poseedor de tal talento. Claro que sabemos que tú puedes hacer infinidad de cosas, pero, esto sobrepasa lo que siempre te hemos creído capaz de hacer. Tonalli buscaba en su mente las palabras adecuadas para contestar de alguna manera las incógnitas que se alojaban en la cabeza de su amiga, y no encontraba la forma de comenzar con su narración. Finalmente empezó a contarle como cierta noche tuvo la visión del águila devorando a la serpiente, y así mismo le relató cómo a partir de ese momento, la imagen se le aparecía en sus sueños de manera constante y le había creado esa imperiosa necesidad de tallar sobre la piedra esa visión, sin tener la menor idea de lo que esto representaba. Con lujo de detalle continuó su narración, sin omitir detalles le contó cómo el extraño ser de la laguna parecía tener la misma idea sobre ese concepto, ya que le había ayudado a sacar la roca del agua además de que le consiguió las herramientas necesarias para la elaboración de tal tallado. Era aquí donde tenía que ser demasiado cuidadoso para explicarle a su amada cómo era que había conseguido el tallado casi perfecto que se apreciaba en la roca circular. Haciendo una pausa y tomando una bocanada de aire continuó con su narración, y sin omitir detalle le describió sus frustrados intentos al querer tallar la piedra, y cómo fue que en su primera vez tratando de llevar a cabo tal creación y por su falta de talento, sólo consiguió herirse y llenar la roca con su sangre. Asimismo le explicó que cuando regresó al día siguiente, encontró en lo que había sido sólo una mancha de sangre el tallado perfecto de la roca.

—Así es, como ya ves, que no soy yo quien a tallado la roca; lo único que he hecho es derramar mi sangre y esperar al día siguiente para ver la transformación en esta piedra.

Nallely se mostraba asombrada por tal confesión, y buscando atar cabos en esta historia, le interrogó.

—¿Has visto alguna vez a la criatura esculpir la piedra? Sería interesante descubrir cómo es que logra ese perfecto tallado, y también saber qué tanto tiempo le toma en realizar tal trabajo.

Tonalli, asombrado por tal pregunta y tal vez porque esto nunca le había cruzado por la mente, respondió entre apenado y sorprendido.

—No, nunca lo he visto, siempre hace esto de noche una vez que me he alejado.

Después de un breve silencio Nallely volvió a preguntar con un dejo de misterio: —¿Y tendrías que derramar tu sangre sobre la piedra para que así él esculpa sobre la mancha que tu sangre deja en ella?

Sin pensarlo dos veces Tonalli respondió afirmativamente moviendo su cabeza de arriba abajo, para luego preguntar curioso. —¿Qué se te está ocurriendo?

Aunque me duele ver cuando te hieres, si esa es la única manera para descubrir ese misterio y verter tu sangre sobre la roca es la clave de cómo es que la criatura hace tal trabajo, tal vez podamos preguntarle cuál es el propósito de tal creación, cuál es la finalidad de esto y así darnos una idea de qué hacer más delante, así como poder ayudar en algo. Quiero que sepas que a partir de hoy cuentas conmigo en esto, ya no tienes que guardar este secreto y así puedas desahogarte cuando tengas alguna duda o algo que quieras compartir. Pero, creo que ya es un poco tarde ahora, lo mejor será ir a dormir un poco, así quizá mañana tengamos un plan que seguir.

Tonalli asintió con la cabeza y tomándola de la mano emprendieron el regreso a la aldea. Más tarde mientras dormía, una sonrisa de paz se dibujaba en su rostro en señal de un grato descanso, de un feliz sueño, de saber que tenía a alguien en quien confiar y descansar sus penas cuando se sintiera agobiado y desolado.

CAPÍTULO V

Al día siguiente, entre el bullicio de la jungla todo parecía más melódico, más ameno y más fácil para Tonalli, y sólo esperaba la hora de reunirse con su querida amiga. Tenía la plena confianza que a partir de este momento todo se resolvería de manera propicia, y estos pensamientos le iluminaban el rostro y su sonrisa bailaba entre sus labios.

Lo mismo ocurría con Nallely, que a pesar de haber pasado la noche sin dormir entre imaginando cómo sería el extraño personaje de la laguna y qué pasaría después de descubrir cuál era el secreto y el misterio que se encerraba en los parajes de la jungla. La joven trataba de suponer también qué consecuencias traería esto para su tribu el desenredar esta madeja de nuevos eventos. Por momentos algo desconocido y muy parecido a la angustia se alojaba en su estómago, sin embargo sacudía la cabeza e imaginaba sólo cosas buenas para Tonalli y ella, y en general para toda su tribu. La mañana transcurrió de manera lenta entre los deberes diarios, a los que no prestaba mucha atención debido a que tenía sus pensamientos colgados de una nube. Estaba tan distraída que las demás muchachas tenían que repetir la misma pregunta una y otra vez para hacerla volver a la realidad, y después de responder lo que se le cuestionaba volvía a perderse en ese marasmo de pensamientos. Finalmente llegó la hora de regresar a la aldea dando así por terminado a la faena del día. Rápidamente se despidió de las demás muchachas y con paso apresurado se dirigió a su choza, en donde pasó un corto tiempo para luego salir de ella a toda prisa. Enfilo sus pasos con rumbo del río en donde sabía que Tonalli estaría esperándola, y aunque de manera excitada respiraba cierto temor, la invadía al mismo tiempo ese miedo a lo desconocido. Lo incierto y ese dulce-amargo le hacía sentir que la corta distancia entre la aldea y el río se le hiciera eterna, y ya sus apurados pasos se convertían en trote veloz, tratando de salvar la distancia lo más rápido y lo más pronto posible.

Tonalli esperaba allí sentado a la orilla del río, mirando cómo se producían ondas en el agua con cada piedra que el lanzaba a la corriente agua. Llevaba allí un buen rato esperando pacientemente el arribo de su amada amiga, y se distraía mirando atentamente cada cosa que había a su derredor. Cada elemento parecía formar parte de un todo; desde el más pequeño insecto hasta el poderoso jaguar, todos se conectaban de una manera que eran indispensables para la existencia propia y el balance era perfecto y armonioso. Estaba tan ensimismado en su meditación que no advirtió la presencia de Nallely, la cual sigilosamente se acercó hasta donde él se encontraba y tomando una gran roca y levantándola sobre su cabeza la lanzó hacia el río, con lo que el agua saltó mojando por completo a Tonalli. Asustado y sorprendido al mismo tiempo se quedó ahí sentado, paralizado momentáneamente, pero una vez recuperado de la sorpresa se levantó de un salto y sujetó por la cintura a Nallely, la cual no paraba de reír por la travesura que acababa de hacer. El muchacho siguió tirando de ella hasta que fuertemente abrazados los dos cayeron en las tibias aguas del río. Una vez dentro de las cristalinas aguas empezaron a juguetear echándose agua a la cara el uno a la otra, y así jugando pasaron un largo rato olvidándose momentáneamente del motivo que les había traído a este paradisiaco paraje. Finalmente decidieron salir de las cristalinas aguas y tomados de la mano se dirigieron a la orilla, donde se tiraron en las arenas con la idea de secarse la ropa empapada. Tomados de la mano permanecieron tirados allí por un buen largo rato, sin hacer ningún comentario, con la respiración acompasada y mirando hacia el cielo, observando cómo pasaban las nubes y descubriendo en ellas caprichosas figuras, que así como aparecían, desaparecían dando a paso a nuevas formas. Paso así el tiempo y su ropa parecía haberse secado ya, y el sol amenazaba con desaparecer tras las montañas. Ambos se pusieron de pie y Tonalli se preparó para decir algo. Mirando fijamente a Nallely en los ojos mientras tomaba sus manos entre las suyas, apretándolas un poco, posó sus labios en ellas, besándolas delicadamente. Después de un momento de contemplación aclaró su garganta y se dispuso a decir algo.

—Yo sé que estás dispuesta a ayudarme y eso me da más valor y seguridad para continuar con esto, pero reconozco también cuánto te afecta el verme herido, y no quiero ponerte en esta posición otra vez, por lo que te voy a pedir que cuando tenga que derramar mi sangre te retires y regreses cuando ya haya pasado todo. No tardará mucho esto, y ya cuando vuelvas estaré como si nada hubiera pasado.

Su voz temblaba, un poco víctima de la emoción y el momento que estaba transcurriendo. Lo mismo ocurría con Nallely, que temblaba de pies a cabeza. Sus ojos habían adquirido un brillo extraño, quizás era la humedad de una lágrima que se asomaba a sus pupilas, y por más que ella trataba de evitarlas estas ya habían iniciado su salida y se colgaban de sus pestañas. Con voz entrecortada y en una especie de gemido respondió, mirándolo fijamente a los ojos.

—No, cuando dije que contabas conmigo me refería a cualquier cosa que se pusiera enfrente de nosotros, y debo reconocer que aunque me duele verte herido y sangrando, es parte de lo que los dos vamos a afrontar, y yo sé que te duele tanto físicamente lo que a mí me duele en el alma. Pero no por eso has pensado en desistir; así es que hagamos lo que tenemos que hacer.

Sin decir más palabra Tonalli se inclinó y recogió la piedra afilada que ya había utilizado anteriormente. La observó detenidamente por un momento, luego se hincó y posó su brazo izquierdo sobre la roca circular, mientras que con la mano diestra elevó la piedra afilada y sin pensarlo más asestó un golpe sobre su brazo izquierdo. Nallely, con los ojos cerrados y cubriéndose los oídos, trataba de evitar la escena, pero, fue tan fuerte el grito que a pesar de tener cubiertos los oídos escuchó claramente el lamento de su amado. De inmediato borbotones de sangre inundaron la piedra circular, cubriéndola casi en su totalidad. Nallely de inmediato tomó entre sus manos un buen pedazo de arcilla y lo colocó sobre la gran herida. Ayudaba a Tonalli a ponerse de pie para así llevarlo de inmediato dentro del río, en donde inmediatamente el poder del agua hacía su milagro, y sus heridas empezaban a sanar como por arte de magia. Nallely, aún con la angustia reflejada en su rostro, suspiró un tanto aliviada al ver cómo la gran herida sanaba de manera rápida y de ella no quedaba ningún rastro, sólo el dolor y la incertidumbre en el corazón de la joven. Incertidumbre de no saber cuánto más podría resistir Tonalli con esa pérdida de sangre, y cuánto más podría resistir ella de saber el dolor que él se auto infligía. La tarde lindaba en los límites de tarde-noche, hora en que los sonidos característicos de las aves nocturnas se dejaban escuchar, mientras que los depredadores dejaban sus madrigueras en busca de capturar alguna presa. Los jóvenes decidieron esconderse tras de una roca, colectando hojas secas y pasto para hacer una especie de colchón para que el suelo no les fuera tan duro. Aunque habían acordado tomar turnos para así estar más vigilantes, la realidad era que ninguno de los dos podía dormir ante la expectativa de observar la forma en la que el personaje del agua llevaba a cabo el tallado de la roca circular. El tiempo fue pasando lentamente y nada parecía perturbar la callada noche, sólo de vez en cuando el canto de los corcoveos y mescuanes se dejaba escuchar, pero de la misteriosa criatura no había el menor rastro. Aunque hacían un gran esfuerzo de vez en cuando, el sueño los hacía cabecear un poco, pero de nuevo volvían a retomar la pose vigilante. En una de esas ocasiones, cuando se les cerraban los ojos victimas del cansancio, se escuchó claramente el chapoteo del agua, y ambos, casi instintivamente, concentraron su atención a donde se había producido tal ruido. Permanecieron tirados entre la hojarasca con los músculos tensos, sin embargo la extraña criatura no hacía acto de presencia y así, una vez más, el tiempo siguió su trayecto, dejando ver el lucero de la mañana como claro indicio de que la noche ya casi llegaba al final, y en poco tiempo la luz del día llenaría de vida el desolado paraje. A este punto y sintiéndose muy cansados decidieron dejar la vigilancia de lado, y fuertemente abrazados se entregan a un profundo sueño.

No fue sino hasta ya llegada la mañana cuando Tonalli abrió los ojos. Moviendo a Nallely suavemente la invitó a despertar. Ella abrió sus ojos y se estiró un poco, aún semidormida después de una infructuosa noche en vela y de haber dormido solo unas cuantas horas. Decidieron volver ir al río y lavarse la cara para despejarse un poco. Tonalli se inclinaba para echarse agua a la cara cuando descubrió algo sobre la superficie rocosa: las huellas con características humanas-animales, aún húmedas, dando a entender que la criatura acababa de pasar por ahí recientemente. Con los ojos a punto de salirse de sus orbitas señalaba con el dedo, indicándole a Nallely tal descubrimiento. Llenos de excitación y a la vez perplejos por tal hallazgo, e imaginando que la criatura aún estaría cerca de la roca circular, no supieron qué hacer por un largo momento. Ya sobrepuestos se fueron acercando lentamente hasta donde suponían lo encontrarían sin embargo, no se encontraba por ningún lado a pesar de que sabían que había estado allí recientemente. Todo se encontraba en silencio y sin el más mínimo rastro, parecía que las huellas sobre las rocas habían aparecido por si solas. Mirando detalladamente a su alrededor y una vez asegurados de que no había nadie, procedieron a destapar la roca que aún estaba cubierta de hojas. Un tanto agitados por la emoción descubrieron que el labrado sobre la roca estaba casi terminado, y ya sólo quedaba una pequeña parte para estar completamente terminada. La joven pareja no tenía la menor idea de cuando ni como la criatura había esculpido semejante cantidad sobre la superficie de la roca circular ni donde se encontraba, ya que no la veían por ningún lado. Lo más importante de todo era que ya sólo quedaba un pequeña parte para terminar el labrado de la roca. Mientras que los jóvenes iban de un lado al otro, un par de malévolos ojos no dejaban de seguir atentamente cada uno de sus movimientos. Ellos, ajenos a cualquier malicia seguían con ese ajetreo que caracteriza a la juventud, llenos de energía y alegría y lo demostraban en cada uno de sus gestos. Después de buscar sin encontrar algún indicio de la criatura decidieron regresar a la aldea. Tomados de la mano emprendieron el retorno, sintiéndose tanto eufóricos como desilusionados. Eufóricos por saber que la escultura estaba a un sólo paso de ser terminada, y desilusionados de saber que no habían descubierto la identidad de la elusiva criatura. Por más que intentaban verla, esta estaba siempre un paso más allá del alcance de sus manos, y eso los llenaba de desasosiego y frustración, ya que deseaban más que nada encontrarse cara a cara con ese misterioso ente que consideraban su benefactor y su protector al mismo tiempo, y aunque él parecía querer eludirlos, sabían que tarde o temprano llegaría ese momento donde aclararían todas esas dudas, y los misterios que se encerraban en esa escultura y los secretos de la misteriosa recuperación de Tonalli cada vez que este sufría alguna herida.

En el trayecto a la aldea, Tonalli tuvo una idea, la cual compartió con Nallely. El muchacho explicó que en cierta ocasión, mientras buscaba respuestas a sus dudas, se decidió a hablar con el sacerdote Yaotzin, al cual buscó en las profundas cavernas a donde tenían prohibido penetrar, ya que se consideraban sagradas y sólo el sacerdote podría entrar en ellas. Nallely trató de hacerle ver tal argumento, sin embargo, él logró convencerla de que la respuesta a sus interrogantes se encontraba ahí. Ella, con cierto desatino y mucha angustia, decidió acompañar al joven a sabiendas de que serían castigados si es que alguien descubría su plan. Al llegar, en la entrada de la caverna, ella no pudo evitar un gran escalofrío que le sacudió el cuerpo, pero pudo más la curiosidad que el temor y decidió seguir por la oscura cueva. De inmediato un olor a incienso y humedad los envolvió. El aire se sentía pesado a medida que se internaban más en las profundidades, mientras sus ojos se adaptaban poco a poco a la oscuridad. Avanzando de manera más segura y confiada descubrieron más al fondo una titilante luz, al tiempo que el pesado manto de humedad los envolvía. La refulgente luz se intensificaba conforme se adentraban, lo que les permitía descubrir los dibujos en las paredes de la caverna. Aquellas imágenes trataban de contar una historia, por lo que ahora sólo faltaba descubrir su significado. Nallely miraba atentamente cada una de las esquelas en las paredes, y una luz de inteligencia le abría los sus pispiretos ojos. Su mente empezaba a interpretar parte de lo que los murales trataban de decir en cada una de las imágenes, pero, sin decir palabra proseguía admirando cada una de las esquelas, convencida de haber encontrado el significado. Tonalli, por su parte, se mostraba un tanto preocupado por la ausencia de Yaotzin, imaginando de que a pesar de no hacerse visible estaría acechando escondido en algún lugar, y eso era lo que de verdad le preocupaba. Pero tenía que ser más fuerte y dejar todos esos temores si quería llegar al fondo de todo este misterio. Nallely, absorbida en la contemplación de las escenas pintadas en la pared, se había olvidado por completo de sus temores iniciales y con ojos ávidos se dedicaba a absorber toda la información posible. Llegaron finalmente al punto donde parecía terminar la historia, pero, la joven habida de descubrir los secretos que guardaba esta gruta tomó una de las antorchas que se encontraban en la pared y decidió indagar un poco más, descubriendo nuevos pasajes los cuales no tenían la más mínima iluminación. Era ahí donde nuevas imágenes finalizaban la historia plasmada sobre las paredes. Los dibujos dejaban ver al hombre lagarto tomando de la mano a un niño, y con su mano la criatura le mostraba el bosquejo de una roca circular en donde se advertía la imagen que Tonalli estaba esculpiendo. Exaltado a más no poder, sus ojos reflejaban el asombro por la coincidencia y la semejanza de la pintura en la pared con la escultura que él guardaba celosamente. Todo esto indicaba que el destino del joven ya se había escrito con anticipación, pero, aún en su cabeza quedaba la pregunta de ¿por qué él? ¿Qué relación tenía con la criatura? Nallely, notando la confusión en el joven, le pidió salir de ahí y tomándolo de la mano lo condujo al exterior de la caverna. Él, sin oponer resistencia, se dejó conducir por la joven, que un tanto ofuscada buscaba y rebuscaba en su cabeza las palabras adecuadas para poder explicarle lo ella creía había descubierto en los murales de la gruta. Al salir de esta, caminaron paso a pasito, como si el tiempo no importara más, como si no hubiera un nuevo mañana y el tiempo se hubiera detenido justo en ese momento. Caminaron por un largo rato sin decir palabra, sólo pensativos y cabizbajos, mientas el sol caía a plomo, bronceando aún más su tostada piel.

CAPÍTULO VI

Después de la larga caminata, Nallely se detuvo y miró a Tonalli fijamente a los ojos, no sin antes pasar saliva y aclarar su voz, que sentía le podría fallar en momento oportuno. Ya sintiéndose un poco más segura empieza a decir con voz clara y pausada.

—¿Tienes idea de lo que esto significa? ¿Entiendes lo que está escrito en las paredes de la caverna?

Tonalli, sacudiendo su cabeza asintió a su pregunta, pero Nallely no tenía esa certeza. Imaginaba que el joven estaba malinterpretando el significado de los murales, por lo que decidió replantear ese cuestionamiento y volvió a la carga con nuevas preguntas.

—¿Te das cuenta de que eres alguien muy especial? ¿Sabes por qué eres tan especial?

Tonalli, se sentía cada vez más intrigado y al mismo tiempo desconcertado sin poder acertar hacia dónde quería llegar la joven y que era lo que buscaba con todas estas preguntas. ¿Qué secreto acababa ella de descubrir en las pinturas que cubrían las paredes de la caverna? ¿Qué misterio lo envolvía? Sin encontrar alguna respuesta a todas las preguntas que

la joven había formulado ni a las preguntas qué el mismo se estaba haciendo, finalmente rompió el silencio con la pregunta que sentía le quemaba
el alma y la mente.

—¿Qué acabas de descubrir? Dime todo lo que acabas de interpretar
en los murales y por qué crees que soy tan especial como tú dices. Cuál es
el misterio que me rodea, porque yo no acabo de descifrarlo y esta duda
me corroe el alma y me vuelven loco tantas preguntas y dudas.

Nallely sabía que había llegado el momento de aclarar esas dudas y,
al mismo tiempo, pensaba que debía usar suficiente tacto para exponer
lo que ella pensaba era el secreto que se ocultaba en la vida del joven. No
obstante, desconocía cuál sería la reacción de Tonalli cuando se enterara
de lo que ella estaba a punto de decirle. Un cúmulo de sentimientos la
embargaban... sentía una gran ternura por el joven que, con la mirada an-
siosa, buscaba en sus ojos una respuesta que despejara sus dudas. En un
arrojo de ternura lo tomó entre sus brazos y lo estrechó fuertemente contra su suave cuerpo. Fue entonces cuando comenzó a decir lo que podría
llegar a cambiar la vida de ambos.

—Tu verdadero padre no es Imari; tal vez esa es la razón por la que él
se muestra tan despegado a ti y no te brinda el cariño que se le brinda a un
hijo. Mira alrededor tuyo y pon atención en cómo se comportan los otros
padres con sus hijos.

Tonalli, a pesar de que él ya había advertido eso con anterioridad, se
negaba a aceptarlo, ya que a pesar del despego de su padre, sentía una
profunda admiración y un gran cariño por el gobernador. Un gran escozor
le corroía las entrañas y buscaba un fundamento en que asentar el comportamiento de quien el creía era su padre.

—¿Cómo te atreves a decir tal cosa? ¿No ves el daño que me haces con
esas conclusiones? Tal parece que sólo buscas herirme con tales comentarios. ¿En qué basas esas estúpidas sugerencias? Y, ¿cómo pretendes que
vuelva a creer en ti después de lo que acabas de decir?

El joven, profundamente tocado, se mesaba los cabellos y temblaba visiblemente exaltado. Nallely, tratando de calmarlo un poco, se le acercó buscando hacerle una caricia con su frágil mano, la cual él esquivó con un movimiento brusco, dando a saber la irritación que sentía hacia la joven. Nallely buscaba de cualquier manera tranquilizar el ánimo del joven, que ofuscado a más no poder sólo buscaba aclarar esa escabrosa situación, y enfrentaba a la joven con fuerte voz que hacía eco en la noche que los cubría con su negro manto.

—¿Dime entonces quién supones tú que es mi padre? Porque creo que tú debes saber mi origen, que hasta hace unos minutos yo estaba seguro de conocerlo perfectamente.

—Tú eres hijo de la criatura del agua —exclamó la joven en hilillo de voz, apenas perceptible, mientras que nerviosamente se frotaba las manos. —No te enojes conmigo y trata de comprender esto que te acabo de decir; todas esas cosas extrañas que te suceden, todo lo que eres capaz de hacer con el más mínimo esfuerzo, y por ultimo esa rápida recuperación cuando te hieres, tal pareciera que el agua actúa como medicina en tu piel; cada vez que sufres alguna herida con solo mojarte un poco todo parece desaparecer como si fuera magia; ¿te das cuenta que a nadie más le pasa esto? Tú tienes un don, y eso te viene de la criatura del agua. Los dibujos que se encuentran en la cueva relatan esa historia, y ahí se muestra quién de verdad eres tú. Si quieres volvamos allá dentro y te explico paso a paso lo que los dibujos tratan de decir, quizá esa es la razón por la que Yaotzin muestra tanto interés en ti. Quién sabe cuáles serán sus propósitos, pero ahora que creo conocer tu origen, será mejor tratar de descubrir que es lo que busca él en esta situación.

Tonalli escuchaba atentamente lo que la joven decía. Parecía que al fin la luz se esclarecía en sus pensamientos, y a pesar de que iba comprendiendo casi todo, un fuerte dolor se le clavaba en el alma, puesto que le dolía reconocer que tal vez Imari no sería su verdadero padre y él amaba de verdad a ese hombre, que a pesar de ser siempre tan distante con él, era el único padre que él siempre había conocido, y ahora que la razón le indicaba algo diferente esta cruda realidad le pinchaba el alma. Ahora tendría que enfrentar al gobernador con la esperanza de que todo esto fuera un mal entendido y aunque sabía que esto sería inevitable no tenía la menor idea de cómo traería esta conversación con Imari. Nallely, que conocía perfectamente al joven y sabia también del amor que el joven profesaba por Imari, sabia de la angustia e incertidumbre que en ese momento embargaban su alma, así que sin esperar respuesta alguna, dijo con queda y pausada voz.

—Pase lo que pase y tomes la decisión que tomes, nunca olvides que allí voy a estar contigo, y que respetaré cualquier determinación que tomes no importa a donde vayamos a parar.

Tonalli, sin decir palabra, asintió con la cabeza y tomó a la joven de la mano. Ambos, sin decir palabra, se perdieron en la noche con rumbo de la aldea, con la esperanza de un mejor mañana y a sabiendas de que quizás no sería nada fácil enfrentar lo que se avecinaba. El hecho de saber que contaban el uno con el otro los hacía sentir, en cierta manera, fuertes y preparados para lo que pudiese venir.

Después de haber pasado una mala noche, finalmente la luz del nuevo día se asomaba sobre la aldea y con esto un sinnúmero de ideas y escenarios revoloteaban en la mente de Tonalli. Buscando prepararse mentalmente para enfrentar a su padre, reconocía no ser tan fuerte como todos suponían; no por nada Imari era el gobernador, y a pesar de ser inflexible en sus decisiones, era sabio y mesurado en la toma de estas. Por tal razón era querido y respetado por los aldeanos. La hora del desayuno había llegado y Tonalli, sin el más mínimo apetito, sólo probó un poco de lo que Yaretzi, su madre, había preparado. Ella, que había visto crecer al joven, lo conocía a la perfección y sabía que había algo que lo molestaba. Una vez terminado el desayuno y cuando el joven se disponía a retirarse, ella lo detuvo por un brazo y con su siempre dulce voz le dijo: —Necesitamos hablar; sé que hay cosas que necesitas contarlas; recuerda que soy tu madre y te conozco perfectamente, y puedo decirte que algo te molesta. Lo noto en tus gestos y ademanes, y aunque probablemente creas que yo no sea capaz de solucionar tus problemas, créeme yo sé tantas cosas y puedo ayudarte a resolver lo que te acongoja. Vamos, cuéntame, aquí estoy para escucharte.

Tonalli estaba impresionado por la suavidad y firmeza que había en las palabras de Yaretzi, ya que él siempre la había considerado como a una mujer frágil y delicada. Pero ahora miraba en sus ojos tanta fuerza y entereza, tanto valor y decisión, y su voz, a pesar de sonar como un susurro, reflejaba seguridad y confianza, y quebraba todas sus reservas y dudas. Aun sintiendo un cúmulo de confianza decidió contarle lo que le ocurría, y sin saber cómo empezar entre dientes balbuceó lo siguiente.

—Va a ser bien difícil de que me entiendas...

Sacudiendo un poco la cabeza y tomando una bocanada de aire, miró al fondo de los ojos de su madre y descubrió en ellos un remanso de paz y comprensión que le daban ese valor para continuar.

—¿Qué sabes tú de mi origen? Cuéntame todo lo que sepas, porque hay tantas preguntas que quisiera que alguien me las respondiera, y no tengo idea de qué hacer con esta ansiedad y esta incertidumbre, como controlar esta angustia que siento.

Guardó silencio por un momento bajo la atenta mirada de su madre. Ella, sin inmutarse y con esa tierna sonrisa, extendió los brazos al joven, el cual sin pensarlo dos veces se acurrucó en los brazos maternos. Entre ellos se sentía fuerte y seguro, allí descansaba sus incertidumbres y penas, allí era donde encontraba el calor de madre que cuando era un niño en esos mismos brazos encontró su cuna. Así, abrazado a su madre, permaneció por un largo rato hasta que finalmente fue ella la que rompió el silencio.

—Tu padre y yo hemos esperado, y a la vez temido este momento. Sabíamos que era inevitable y que tarde o temprano tendríamos que afrontar esta realidad, pero, debo decirte que es tu padre el más indicado para esclarecer esta situación. Ve y búscalo, él sabrá explicarte y aclararte cualquier duda que tengas por el momento. No temas; él como yo estamos preparados para esta situación. Después de que hables con él vuelve aquí, yo te estaré esperando.

Esa sugerencia tenía tintes de orden y, a pesar de haber sido expresada con dulce voz, no admitía contradicción, así que indefenso ante tan dulce mandato Tonalli decidió ir en busca de su padre, no sin dejar de sentir ese temor que el gobernador le inspiraba, pero, confiaba plenamente en su madre y era ese el acicate que le daba valor en este crucial y escabroso momento. Con un nudo apretándole el estómago, con manos sudorosas y la boca seca se dirigió hacia donde se encontraba Imari. Él se encontraba distraído tratando algunos asuntos con un grupo de personas, pero al notar el gesto preocupado de su hijo entendió que algo ocurría y de inmediato dio por terminada esa conversación y se dirigió al joven, que lo esperaba a unos cuantos metros. Imari, sin decir palabra y tomando al joven por sorpresa, lo estrechó en un fuerte abrazo, Tonalli no atinaba a entender qué estaba pasando, sin embargo era esta la primera vez que su padre le demostraba afecto y cariño. Debía existir una poderosa razón para ese repentino y gran cambio, y pensaba para sí mismo que tal vez sería algo muy serio lo que estaba ocurriendo, ya que nunca había esperado ver a su padre tan conmovido, tan preocupado. Pareciera que toda su fortaleza y poderío se derrumbaran en un momento. Era aquí en donde el máximo mandatario de la tribu nahuatlaca daba paso a la sensibilidad del hombre, dejando entrever que nada en el mundo era más importante que su hijo, y en ese momento nada importaba si dejaba al descubierto sus debilidades. Este era el momento que había temido siempre, y aunque sabía que era inevitable, ya no había manera de hacerlo, no había otra salida, sólo quedaba dar paso a la explicación que había guardado por años y finalmente la hora había llegado.

—Antes de que empieces a preguntar, escúchame por favor lo que tengo que decirte... por tantos años te he mantenido alejado de mí, me he mostrado duro e indiferente ante ti por una sola razón— y aunque sé que te causaba daño y te lastimaba con mi indiferencia, lo creas o no ese mismo daño y dolor me lo hacía a mí mismo. Fue tan duro para mí todo este tiempo tratando de aparentar indiferencia y desinterés en ti— pero créeme, te amo con la misma fuerza que amé a tu madre. Tú eres una extensión de ella y tienes cada dejo que ella tenía: tu mirada, tu sonrisa, cada gesto tuyo me recuerda a ella. Cómo no voy a amarte si tú eres el vivo reflejo de ella. Y, ¿sabes qué? Por ella hubiera dado la vida; ella es y será el amor de mi vida. No hay día que pase en que no piense en ella, y sin embargo, debo resignarme al hecho de haberla perdido para siempre. Pero volviendo a lo que trataba de explicarte al principio, la razón por la que te he mantenido alejado todo este tiempo ha sido por el hecho de mantenerte a salvo. Hay fuerzas desconocidas que se arremolinan en torno tuyo. Tú eres alguien muy especial, eres el futuro de nuestra raza y de ti depende nuestra supervivencia. Aún no sé cómo, pero, hay grandes augurios en torno a tu persona, y a lo mejor me he equivocado en mi proceder, pero, no he visto otra forma de mantenerte a salvo. A lo mejor hubiera sido preferible hablarte de esto cuando aún eras un niño y así haberte demostrado mi cariño cada día, pero, ya es muy tarde para remediar esta situación. Lo peor de todo es que no encuentro la forma de esclarecer esta situación, y no puedo borrar esta culpa que me ha perseguido desde el día en que naciste. Pienso todo el tiempo en que debí haber hecho algo más por tu madre, haberla protegido con mi vida si hubiera sido necesario y, desafortunadamente, no tuve ni la paciencia ni la sabiduría ni la fuerza necesarias para evitar todo lo que nos marcó para siempre y solo espero poder llevar a cabo la promesa que le hice a ella en su lecho de muerte el día en que naciste tú: la promesa de protegerte y cuidarte sin importar las consecuencias, y este es el día en que empezaré a buscar la manera de hacer esto posible... lo primero será contarte todo lo que te he ocultado todos estos años.

CAPÍTULO VII

—Todos conocíamos la profecía de que un ser salido de las profundas aguas de la laguna sería el protector de todas nuestras aguas, ríos, arroyos, lagos, lagunas y manantiales, así mismo de los peces, tortugas, camarones y de todos los animales acuáticos de esta región. Sería también el que escribiría el futuro de nuestro pueblo, y también sabíamos que en determinado tiempo él necesitaría reproducirse y así dejar a alguien en su lugar, cuando su tiempo en estos parajes llegara a su final. Todos conocíamos también que él elegiría a una doncella para reproducirse y que sería un honor para aquella que fuera seleccionada como la madre de la futura criatura, ya que el niño que naciera de ella sería el nuevo protector de nuestros recursos. Cierto día, cuando un grupo de doncellas jugaban a las orillas del río, la criatura se acercó a ellas y tomando a una de la mano la llevó consigo a cierto paraje, y la regreso cuando ella se encontraba fecundada. Esa doncella era... tu madre... y yo la amaba como no he amado a nadie en esta vida. Teníamos planes de casarnos y tener nuestros hijos. Ella, a sabiendas de que en unos cuantos meses sería la madre de alguien que llegaría a ser el nuevo protector, decidió terminar con nuestra relación, puesto que no quería que yo cargara con esa responsabilidad. Pero, cómo no hacerlo si ella representaba todo para mí; ella y yo habíamos jurado que estaríamos unidos por siempre, que sólo la muerte nos iba a separar. Sin embargo, sabiendo que en su vientre crecía un ser que no era parte de mi sangre, ella quiso romper nuestro juramento y me devolvió la promesa de pasar con ella el resto de nuestras vidas. Yo, amándola como la amaba, le dije que no me importaba que el hijo que crecía dentro de ella no fuera mío y no tuviera mi sangre, que lo iba a cuidar y amar de la misma manera que la amaba a ella.

Imari hizo una breve pausa para reordenar sus ideas y retomar la compostura, ya que por momentos su voz parecía romperse.

—Yo sé que no he sido un buen padre para ti, pero, quiero que sepas que te amo como si fueras mi propio hijo, y sólo he tenido esta actitud contigo porque equivocadamente pensaba que de esta manera te protegería. No me preguntes cómo se me ocurrió semejante disparate, pero, al fondo de todo esto, sólo me movía el amor que siento por ti, el mismo amor que sentía por tu madre, porque tú eres parte de ella y tú representas mucho para mí.

En las pupilas del gobernador se dejaba traslucir el brillo de una lágrima que pugnaba por salir de sus ojos. Esquivando la mirada de Tonalli y retomando la compostura, Imari continuó con su relato.

—Cuenta la leyenda que nosotros debemos proteger a este niño de ciertas amenazas que se elevarán en su contra. No tenemos la más mínima idea de cuál será esta amenaza, pero, tenemos la confianza de que pronto habrá una señal que nos indique de qué tendremos que protegerte, ya que tú eres ese descendiente, tú eres el que nos guiará hacia un mejor futuro. Mientras que esto llega deberemos de ser muy cuidadosos y estar muy atentos a cualquier evento que signifique peligro para tu persona. Lo más importante es que ya no debo aparentar indiferencia ante ti, y debo confesarte que nunca te perdí de vista. Me llenaba de orgullo cuando participabas todos los días en las diferentes actividades y cuanta habilidad tenías, cuanta fuerza, cuanta gallardía. No había padre más orgulloso que yo, pero, el temor de perderte era más grande que el amor que te tengo, y cada año que pasaba me ponía más inquieto e intranquilo— ya que sabía que cuando cumplieras los 18 años tendrías que enfrentarte a tu destino. Pero ahora que ya conoces la verdad, siento como si un gran peso se desprendiera de mí, y siento además que podemos enfrentar cualquier cosa que represente peligro, y no dejaré que nada le pase a mi hijo.

A este punto no le importaba que Tonalli advirtiera que las lágrimas rodaban por sus curtidas mejillas. Era en ese momento donde el joven descubría cuánto amor sentía su padre por él, todo ese amor que se habían guardado por años y, sin pensarlo dos veces, padre e hijo se fundieron en un fuerte abrazo. Así permanecieron por un buen momento sin imaginar las nubes negras que se avecinaban sobre sus vidas. Tonalli se atrevió a romper el silencio con una pregunta que le quemaba el alma.

—¿Tienes alguna idea de que es lo que acecha sobre nosotros? ¿Cuál es la amenaza, esa que tanto temes? Yo creo tener una idea de lo que esto puede ser.

Imari lo miró intrigado y sorprendido. ¿Qué era lo que su hijo podría saber, y cómo era posible que supiera algo si nadie le había contado nada acerca de su misteriosa vida?

—No sé si esto tenga nada que ver con lo que tú me cuentas, pero, he descubierto que Yaotzin ha tenido siempre un obsesivo interés en mi persona. Además de que en las cavernas donde él vive hay unas pinturas que narran la existencia de la criatura de la laguna y algunas otras cosas que hasta ahora no había terminado de comprender, pero que Nallely me ha ayudado a esclarecer. Bueno, parte de esto, porque aún no descubrimos exactamente qué es lo Yaotzin pretende hacer con todo lo que esconde.

En ese momento su cara se iluminó con excitación al recordar algo, y con frases atropelladas trató de comunicarle a su padre.

—¡Hay algo... tengo que enseñarte... hay algo que quiero enseñarte, pero tienes que venir conmigo al río; tal vez tu entiendas el significado de lo que encierra eso!

Imari, contagiado por la exaltación de su hijo y sin tener la más mínima idea de lo que se trataba, solo acierta a decir: —Vamos, ¿qué esperas? Muéstrame eso que me acabas de contar, estoy que muero de impaciencia.

Sin esperar un segundo más y sin decir palabra, padre e hijo se enfilaron con grandes zancadas con dirección del río. Por momentos el trote veloz parecía transformarse en carrera y, en silencio, al ritmo de su agitada respiración, cruzaban la distancia que los separaba del río. Finalmente, una vez habiendo llegado a su destino, Tonalli señaló con su dedo índice a un montón de hojarasca. Imari, un tanto sorprendido, no atinaba qué pensar, ya que para él era sólo un puñado de hojas secas y nada más. El joven, al ver la confusión de su padre, se acercó al lugar donde se encontraba la roca cubierta por las hojas secas, y presuroso se dispuso a remover lo que cubría la roca. Poco a poco la escultura empezó a quedar al descubierto, lo que permitió a Imari finalmente posar sus ojos en ella. El joven, una vez que descubrió la roca en su totalidad, se puso de pie en espera de algún comentario de su padre, que seguía concentrado en el examen de la pieza. De rodillas ante la roca pasaba sus manos por sus relieves, como si con esto tratara de memorizar cada detalle esculpido, o tal vez como si buscara que la roca le comunicara el significado. Por momentos cerraba sus ojos en espera de esto y los abría de nuevo como para volver a grabar esa imagen en su mente, aunque sus expresiones no denotaban admiración; sus ojos decían lo contrario. Finalmente, después del largo examen, se atrevió a preguntar a su hijo lo que ya imaginaba sería su respuesta.

—¿La encontraste aquí o de dónde la sacaste?

La roca la encontré en el fondo del río, pero, estaba sin tallar, era sólo una roca plana —respondió Tonalli, mientras pequeños escalofríos le erizaban la piel debido a lo orgulloso que se sentía al descubrir el interés que su padre demostraba por tal objeto. Imari, ansioso de conocer el misterio que encerraba la roca, volvió a hacer otra pregunta.

—Entonces... ¿tú la esculpiste y cómo llegó esa imagen? Te lo pregunto porque nunca supe que tuvieras la habilidad de hacer algo así. Yo sé que tú eres capaz de hacer tantas cosas, pero, nunca supuse que tuvieras esto en ti.

Tonalli empezó a narrar desde un principio cómo fue que esa escultura empezó a tomar forma.

—La imagen llego a mí una noche mientras paseaba por el río, observando como una águila devoraba a una serpiente, así fue como todo empezó. Esa noche no pude dormir, ya que cada vez que cerraba los ojos esta imagen venía a mi mente, por lo que días después decidí tratar de esculpirla, y para ello tenía que buscar la roca adecuada. Finalmente un día la encontré al fondo del río y supe en ese momento que esa era la roca ideal para esculpir la imagen. Como tú ya sabes yo no soy escultor y no conseguía avanzar en ese proyecto, traté en diferentes ocasiones sin el más mínimo resultado. Un día en mi desesperación por no lograr nada de lo que pretendía, me hice un fuerte tajo en la mano y mi sangre manchó la roca. Al día siguiente cuando regrese a seguir tratando, descubrí que donde antes estaba la mancha de mi sangre era ahora una escultura. En ese momento no le di mucha importancia, y seguí tratando con el mismo resultado, ya que una vez más me corté de nuevo y manché la roca con mi sangre, con el mismo resultado de la vez anterior. A partir de ahí sólo me dedique a hacerme cortadas para manchar la roca con sangre, ya que sabía que al día siguiente esa mancha se transformaría en grabado.

Imari observaba la imagen con sumo cuidado, tratando de encontrar respuesta a los cuestionamientos que se formaban en su cabeza, pero la respuesta no llegaba a su mente. Sin encontrarle el hilo al enredo se volvió hacia su hijo y con un tono de resignación le dijo.

—Lo siento mucho, pero no tengo ni la menor idea de lo que esto pueda ser. Tendré que consultar con los ancianos de la tribu, tal vez ellos nos aclaren cuál es el significado.

Una vez dicho tal cosa se dispusieron a cubrir la roca, pero en ese momento Tonalli fue víctima de un fuerte dolor de cabeza y cayó al suelo convulsionándose. Imari, presa del temor de perder a su hijo, corrió hacia el río y tomó un poco de agua en sus manos. Al mojar el rostro de Tonalli los espasmos cesaron, mientras que su respiración parecía desacelerarse. Sin perder más tiempo Imari tomó al joven entre sus brazos y lo llevó a la orilla del río, en donde empezó a mojarle la cabeza. Después de un largo periodo, el joven empezó a recuperar el conocimiento. En su cara se reflejaba el asombro y la incredulidad, como si hubiera sido testigo de algo grandioso. Tal expresión reflejada en el rostro del joven preocupó sobremanera al gobernador, que imaginaba su hijo estaba alucinando. Sin embargo, Tonalli, una vez repuesto de aquel dolor de cabeza y mirando la preocupación en el rostro de su padre, le sonrió y mirándolo fijamente a los ojos empezó a contarle todo lo que acababa de serle revelado.

—No te preocupes, estoy bien, a decir verdad nunca me había sentido mejor ya que se me acaba de revelar el misterio de la roca con el águila y la serpiente. Tuve una especie de visión en donde se me revela el futuro de nuestra raza: todas las tribus nahuatlacas debemos de seguir al águila, y aunque no se por cuánto tiempo, yo sé que se tiene que posar en una nopal y con su pico estará devorando una serpiente; esa es la señal en donde vamos a construir un imperio de todas las tribus nahuatlacas, y es allí donde los que venimos de Aztlán finalmente viviremos todos unidos como una sola raza.

Imari, sorprendido y lleno de dudas, buscaba interpretar la extraña visión.

—¿Quién te ha dejado saber eso? ¿Cómo ha llegado a ti tal información?

¿Tienes idea de cuándo debemos partir? ¿Y en qué dirección? ¿Quién será nuestro guía?

Tonalli trataba de cualquier manera explicar la visión a su padre, quien se encontraba excitado sobremanera. Imari parecía querer obtener en ese mismo instante todas las respuestas. Sus ojos estaban a punto de salirse de sus órbitas, y haciendo aspavientos iba de un lado a otro, semejando un jaguar en celo o más bien un jaguar a punto de atacar su presa. Tonalli intentó calmarlo con su respuesta.

—En este momento solo sé que el águila sobrevolará por nuestra aldea y tú, como encargado del pueblo, deberás guiarnos tras de ella. Igualmente, los demás gobernadores deberán hacer lo mismo.

Oculto tras la maleza, el sacerdote Yaotzin no perdía detalle de lo que allí acontecía, mientras agudizaba sus oídos, tratando de escuchar cada palabra que allí se hablaba. En eso estaba cuando a lo lejos descubrió una figura semi-sumergida en el agua, y justo en ese momento empezó a elaborar un macabro plan. Echando mano a su cuchillo de jade empezó a caminar en dirección de la extraña criatura, que distraída por observar la escena de padre e hijo, no se percató de la presencia del sacerdote. Con mirada asesina y cuchillo en mano, Yaotzin avanzaba sigilosamente. De pronto y dando un salto felino, el sacerdote hundió el filoso cuchillo en el cráneo de la criatura, la cual se desplomó sin articular el más mínimo sonido. Acto seguido, Yaotzin la arrastró fuera del agua y ya en la orilla, con un sólo movimiento, extrajo el cuchillo de jade. Su acto malévolo no había aún terminado, ya que con cuchillo en mano asestó un fuerte golpe en el pecho de la criatura, abriendo una gran herida en la cual hundió sus dedos tratando de encontrar algo. Con demente mirada finalmente encontró lo que buscaba y de un fuerte tirón extrajo el corazón, que aún palpitaba. En ese momento el cielo se tornó gris y un gélido aire erizó la piel del sacerdote, que sin pérdida de tiempo empezó a alejar del inanido y ensangrentado cuerpo de la criatura del agua. De inmediato el día se tornó oscuro, señal de que algo trágico estaba ocurriendo. Con la sangre corriendo por sus dedos, Yaotzin miraba enajenado el palpitante corazón, mientras el viento, al rozar contra las ramas, daba la impresión de murmurar algo. Por momentos los murmullos se transformaban en lamentos, y a pesar del pavor que esto le estaba causando no se detuvo ni por un momento. Su rápido trotar se convirtió rápidamente en veloz y alocada carrera, que no paró sino hasta llegar a las cavernas donde tenía su refugio. La humedad que casi siempre reinaba allí esta vez se había convertido en gélida bruma, llenándolo de escalofríos que hacían temblar de pies a cabeza al sacerdote. Con una idea muy clara en mente, Yaotzin no dejaba que esto lo distrajera de su propósito, y de manera acelerada puso el corazón sobre un altar. Rápidamente encendió el fuego de una hornilla de barro y precipitadamente tomó diferentes plantas que guardaba en una caja de madera. Se disponía a arrojarlas en el fuego, buscando con esto hacer un conjuro y comer parte del corazón de la criatura. Así, el sacerdote buscaba llegar a ser el nuevo e inmortal chan del agua. Tras arrojar las plantas al fuego, una fuerte ráfaga de aire se coló por la caverna, y cientos de brazas volaron por el aire quemando un poco la cara del sacerdote, provocando que el hombre perdiera el equilibrio y se fuera de espaldas contra el altar. En su intento por no caer, de un fuerte manotazo hizo que cayera sobre el fuego que ardía en la hornilla el aún palpitante corazón. El sacerdote, al darse cuenta de lo acababa de suceder, se puso de pie inmediatamente, y sin medir las consecuencias trató de meter su mano al fuego. Las llamas parecían tener vida propia y no dejaban que Yaotzin se acercara al corazón, que inmediatamente, como si fuera hecho de algún material combustible, empezó a arder. El humo se esparcía por toda la caverna, formando caprichosamente figuras fantasmagóricas que se movían de un lado a otro danzando en el aire alrededor del sacerdote. Este, paralizado por el terror, sólo podía mover sus ojos a punto de salirse de sus orbitas, y observaba cómo estas figuras de humo se iban materializando enfrente de él: eran los espíritus de dos antiguos guerreros nahuatlacas defensores de las tribus indígenas que habitaban en el corazón de la criatura, y que al arrancar el corazón del chan del agua, habían escapado de este y buscaban la persona ideal para tener un cuerpo que habitar.

Mientras esto ocurría en el interior de las cavernas, afuera Nallely ya se había reunido con Tonalli y su padre. Los tres se encontraban un tanto preocupados al ver la drástica forma en como el clima había cambiado, y aunque se imaginaban que algo trágico estaba ocurriendo, por miedo a delatar sus temores prefirieron guardar dentro de sí mismos sus dudas quebrantos. Calladamente proseguían enterrando la piedra esculpida. Poco a poco el viento cesaba su fuerza hasta convertirse en fresca brisa, mientras los negros nubarrones se diluían en el aire, dando paso a un brillante sol. Sin embargo, el temor aún les corroía el alma.

Un muy diferente temor embargaba el alma de Yaotzin, que paralizado por el miedo seguía observando cómo los espíritus de los antiguos guerreros con gestos amenazantes esperaban impávidos una orden para atacar. De repente esa orden parecía llegar, ya que con grandes zancadas se acercaron al sacerdote y de un fuerte empellón lo hicieron caer por los suelos. Acto seguido cada uno de ellos, tomando los tobillos del sacerdote, empezaron a tirar de él en dirección del fondo de la cueva. En la oscuridad de la caverna sólo los gritos del sacerdote resonaban haciendo eco, mientras que la espalda de Yaotzin se rompía en girones al ser arrastrado sobre las filosas piedras del suelo de la caverna. Finalmente y después de una larga agonía, los dos guerreros dejaron de tirar de los pies del sacerdote y en silencio dieron la media vuelta y se perdieron por la oscuridad. Yaotzin, maltrecho y adolorido, permaneció tirado allí, imaginando que en cualquier momento los guerreros volverían una vez más, pero no fue así. Sin hacer muchos aspavientos se empezó a incorporar muy lentamente, y buscando a tientas encontró una rama, que sin pensarlo dos veces la usó como bastón para finalmente recuperar la verticalidad. Aún incrédulo de su buena suerte miraba hacia todos lados, imaginando que en cualquier momento los dos guerreros nahuatlacas se volverían a aparecer para continuar con la tortura, pero, nada todo era silencio. Sólo se escuchaba el constante repiquetear de las gotas de agua chocando contra las piedras, y ahora a esto se unía el arrastre de sus pies a cada paso que daba. A lo lejos se vislumbraba una pequeña luz: era un rayo de sol que se filtraba por uno de los hoyos en el cielo de la caverna. A duras penas y arrastrando los pies llegó finalmente a ese lugar en donde la luz del sol iluminaba ese pequeño espacio. De cierta manera ese rayo de luz parecía darle fe y esperanza, y allí reconoció que sus actos nunca habían sido los mejores, y en un acto de arrepentimiento dos lágrimas rodaron por sus curtidas mejillas llenándolo de una infinita paz. Así, apoyado en su improvisado bastón, permaneció por un largo rato hasta que cierto movimiento sobre las piedras lo volvió a la realidad. Aunque no lograba identificar de qué se trataba, sabía que algo malo estaba a punto de ocurrirle. Ahora los ruidos se hacían más claros, pero, pareciera que provenían de diferentes lugares, como si algo tratara de formar un círculo alrededor de él. Después de esperar por un largo periodo de tiempo, que le pareció una eternidad, se escuchó un fuerte gruñido que inmediatamente reconoció: eran cocodrilos, que atraídos por el olor de la sangre y quizás también por los gritos al ser arrastrado por los dos guerreros y azuzados por el hambre, buscaban una presa fácil que devorar. En ese momento comprendió que todo esto era parte de un plan y que sus días habían llegado a su final. Arrepentido y resignado cerró sus ojos, esperando la embestida. Primero sintió un fuerte dolor en una de sus piernas y un fuerte tirón lo elevó por los aires para caer pesadamente en el suelo. Ahora el dolor era en su brazo, y a pesar de este agudo dolor no dejó escapar ni un lamento. Poco a poco todo se volvió oscuro y luego nada... allí había terminado la historia de Yaotzin; ya solo quedaban despojos humanos, tiras de piel, huesos ensangrentados y el gruñir de los cocodrilos que se disputaban el botín.

En ese mismo momento, a las orillas del río, Imari apretaba con sus pies la tierra suelta después de haber enterrado la piedra. El sol brillaba en todo su esplendor, y una suave brisa mecía las ramas de los árboles.

Al parecer todo volvía a la calma, sin embargo, el aire, al rozar con las ramas y las hojas, parecía entonar un cántico y cual se hacía cada vez más fuerte, cada vez más claro. Las aguas se empezaron a agitar dando paso a dos figuras que poco a poco iban emergiendo del río: eran los dos guerreros, pero, esta vez su gesto ya no era ni agresivo ni amenazante, más bien era dulce y cordial. Sin decir palabra alguna se acercaron lentamente hacia Imari, y uno de ellos posó su mano en uno de sus hombros. Imari se estremeció un poco y un tanto consternado volteó hacia su hijo, que sin saber que era lo que estaba ocurriendo apretaba fuertemente la mano de Nallely. Ella, por su parte, hacía lo mismo, ya que desconocía por completo lo que estaba ocurriendo. Imari, con el rostro desencajado, se acercó a su hijo y con lágrimas en los ojos le dijo: —Tú eres el chan del agua, tu misión es proteger a nuestra raza, cuidar las aguas, cuidar las criaturas que viven en ellas, ya que de ahí se alimentaran tus hijos y los hijos de tus hijos. Tú tendrás que sacrificar lo que ahora eres, ya que no podrás vivir alejado del agua. El agua es tu aleada y tu forma de sobrevivir.

Tonalli, con un gesto de angustia, volteó a ver a Nallely, y ella, con una sonrisa, tomó su mano mientras que con un susurro le murmuró al oído: —A donde tú vayas yo iré contigo.

Tonalli se volteó hacia su padre y le dió un fuerte abrazo en señal de despedida, mientras que las lágrimas rodaban por sus mejillas. Después se volteó a ver a los dos guerreros, los cuales le indicaban con la mano en dirección del agua del río. Sin más que decir Tonalli tomó a Nallely por la mano y ambos se alejaron, perdiéndose en la jungla, en medio de la espesa vegetación.

LA NOCHE DEL NAHUAL

CAPÍTULO I

De no ser por los eventos que estaban a punto de acontecer, la noche parecería de lo más normal y tranquila. Una suave brisa mecía las hojas de los árboles bajo una espectacular luna de noviembre. A la vez, el canto de los grillos, el ulular de búhos y otras aves nocturnas y el aullar de los coyotes en la lejanía rompían el silencio que imperaba en la noche. Todo parecería estar en perfecta normalidad, a lo lejos se escuchaba el mugir del ganado que se encontraba encerrado en los corralones de algún poblado cercano, y el ladrar de los perros denunciaba la presencia de algún conejo o cualquier otra alimaña que se atrevía a acercarse demasiado al caserío. La fresca brisa indicaba el fin del extenuante calor y la cercanía del invierno en esta típica noche de noviembre, una como cualquier otra noche de noviembre en la región de El Refugio. Sin embargo había en el ambiente una especie de presagio, una amenaza de algo sobrenatural y trágico que se gestaba en las entrañas de la noche, y sólo era cuestión de tiempo para que llegara el momento oportuno que cambiaría la vida de los moradores de esta apartada región.

Los habitantes de esta comarca eran personas muy creyentes de su religión, pero, por otro, lado creían también en lo sobrenatural. Esta ambivalencia no atentaba en contra ni de lo uno ni de lo otro, ya que la gente creía en que habría consecuencias si se ignoraban los preceptos de lo sagrado y lo religioso, y que habría castigo divino resultante en malas cosechas o mal temporal. Asimismo se abstenían de hacer comentarios chuscos o burlones acerca de lo sobrenatural, ya que pensaban que poderes ocultos mandarían maldiciones sobre familias enteras, y que las desgracias los azotarían por generaciones. Basándose en tales creencias trataban de hacer las cosas bien, sin hacer daño a nadie, dedicando sus vidas al trabajo y las labores cotidianas, logrando de esa manera conjuntar progreso y armonía en medida perfecta, y trayendo como grata consecuencia felicidad y prosperidad entre las familias que integraban estas apartadas comunidades.

La comarca estaba compuesta por un buen número de pequeñas propiedades, y en el centro se localizaba el pueblo El Refugio, lugar a donde todos concurrían para la compra de víveres y enceres necesarios durante la semana. Ahí se encontraba la oficina del doctor, un centro de salud, la escuela rural, así como una tienda de abarrotes que servía a la vez de farmacia y ferretería en donde se encontraba casi de todo. Había también una tienda de ropa que servía a la vez como zapatería, perfumería y expendio de productos de belleza. El pueblo contaba, como era de esperar, con una cantina donde ir a tomarse un trago, o muchas de las veces más de uno, era parte de la tradición. Generalmente este ritual ocurría cada fin de semana, ya que desafortunadamente no había mucho de dónde escoger.

En ese ambiente todos en ese poblado parecían gozar de una vida feliz y disfrutaban el ir los fines de semana al centro, ya fuera de compras o sólo para romper con la rutina de la larga semana. Era evidente que ahí se vivía una vida sencilla, ya que todos eran personas trabajadoras, ajenas a los lujos y riquezas, seres sin mayores pretensiones que disfrutaban los más mínimos detalles de la vida campirana, sin complicaciones ni ajetreos propios de las grandes ciudades. Así, el ir de compras a la tienda del pueblo los fines de semana representaba para todos la oportunidad de reconectar con los conocidos. La ocasión se prestaba para charlar y comentar sobre los sucesos y pormenores de algún evento, ya fuera la fiesta del pueblo o alguna boda, y algunas veces hasta el deceso de alguien conocido bastaba para entretener la mente en algo que no fuera lo cotidiano de la vida. Por las noches, cada día de la semana, sólo las luces de los caseríos descollaban a la lejanía, ya que cada pequeña propiedad se encontraba separada una de la otra por terrenos de cultivo, y cada pequeño terreno se componía por dos o tres casitas. Así, es que cada noche, de no ser por todos estos murmullos de la naturaleza, el silencio podía ser casi total ya que siendo gente trabajadora, todos se marchaban temprano a dormir. Esta noche no era la excepción; el concierto del chirrido de los grillos parecía amenizar la sinfonía nocturna bajo el manto de aquella noche de otoño, sin que nadie pudiera sospechar que detrás de este apacible ambiente se avecinaba una gran tormenta.

De repente todos estos murmullos de la noche callaron, hasta el viento pareció detenerse y se vino el más profundo silencio. Joaquín despertó sobresaltado, movido quizá por la ausencia de los sonidos nocturnos y tal vez por la manifestación de ese silencio sepulcral. Casi de manera instintiva echó mano de su revólver que siempre guardaba bajo la almohada. Tratando de figurar por qué lo acosaba este sobresalto y la causa de ese sinsabor, algo le hacía suponer que ese silencio no estaba del todo correcto. Sentado al borde de su cama trataba de penetrar con su mirada la completa obscuridad de su cuarto, cuando repentinamente escuchó el movimiento de algo sobre el techo de su casa. El sonido era similar al de los pasos de una persona, como si alguien caminara y simultáneamente rasgara las tejas del techo de la vivienda. De inmediato descartó la idea de que se tratase de alguna ave nocturna, ya que anteriormente había escuchado algún búho caminando sobre el tejado. Este ruido, en cambio, sonaba completamente diferente, por lo que Joaquín definitivamente sabía que se trataba de algo más pesado de lo que pudiera pesar un ave. Una vez que sus ojos se acostumbraron a la obscuridad y pistola en mano, salió de su habitación cruzando rápidamente por la sala hasta la puerta de entrada, determinado a averiguar el origen de aquel misterioso ruido. Con el corazón a punto de salírsele por la boca, echó mano de la manija y de un fuerte tirón abrió la puerta, tratando de sorprender a lo que fuera que anduviera por ahí. El fresco aire de la noche le acarició la cara y le despertó por completo. Él, sin pensarlo dos veces, emprendió una carrera en derredor de su casa, siempre mirando al techo de la misma, tratando de descubrir si es que algo estaba sobre su casa, porque a decir verdad no estaba seguro de dónde provenían los sonidos que había escuchado. Se detuvo por un momento, ya que no lograba encontrar absolutamente nada. Trataba de recuperar el respiro y la compostura, mientras que le llamaba poderosamente la atención ese gran silencio que aún reinaba en medio de la noche. Nunca antes había experimentado algo así y a pesar de ser un completo escéptico de cosas sobrenaturales, Joaquín no tuvo menos que aceptar que algo lúgubre y sobrehumano estaba ocurriendo en ese momento, justo ahí en su presencia. Esto lo llenaba de angustia y exaltación que le hacían sentir un amargo sabor de boca, mientras que los latidos de su corazón resonaban en su cabeza.

Dando unos tres pasos se alejó de la casa para así tener una mejor perspectiva y un mejor ángulo de visibilidad, pero las sombras de los árboles sobre la vivienda hacían esta tarea casi imposible, y por más que esforzaba su mirada no alcanzaba a descubrir absolutamente nada. Procedió entonces hacia el patio trasero en espera de descubrir finalmente qué es lo que estaba sobre su casa, pero justo en ese momento se escuchó un golpe seco en el patio frontal de la misma, por lo que corrió de inmediato en esa dirección. Su confusión aumentaba por sólo escuchar un murmullo entre el plantío de milpa, como si algo corriera apartando las plantas de maíz a su paso. Determinado a descubrir el enigma, Joaquín echó a correr a toda velocidad en esa dirección, deteniéndose al bordo de la milpa, tratando afanosamente de figurar qué podría ser, pero sólo escuchaba una especie de jadeo mezclado con un gruñido. Si se tratase de algún animal común de la región, ¿por qué no acertaba a identificarlo? Temiendo que se tratase de algún perro o coyote con rabia decidió no internarse en el plantío, por lo que decidió disparar al aire en dos ocasiones. Como respuesta a las detonaciones de su arma, se escuchó entonces una especie de aullido combinado con lamento, algo casi de cierta manera ¡sobrenatural! Joaquín nunca antes había escuchado cosa semejante, era un ruido como si se tratara de un animal intentando reproducir un sonido humano, o tal vez algún humano imitando el gruñir de una bestia. Lo extraño de tal gruñido y su inhabilidad de identificarlo le ponía los pelos de punta, mientras que un escalofrío le recorría la espalda. Impotente ante tan insólita experiencia, alcanzó a escuchar de nuevo cierto movimiento entre las plantas de milpa, pero esta vez el sonido se alejaba rápidamente.

Fuera lo que fuera, al parecer aquello ya se había alejado, dejando a Joaquín lleno de incertidumbre y a la vez, aunque pareciera tan extraño para él, con algo muy parecido al miedo. Joaquín era un hombre que rara vez demostraba temor a cualquier situación, siempre poseedor de un carácter temerario y osado nunca había exhibido el más mínimo indicio de miedo, pero ahora ese sentimiento de espanto lo invadía. Dicha experiencia, además de sobresaltarlo, lo colocaba en la antesala del mundo de lo sobrenatural, y le abría los ojos a un sentimiento nuevo y desconocido. Quizá por primera vez, en ese momento de turbación, aceptaba que se encontraba lleno de miedo y temor, lo que atribuía al hecho de desconocer la identidad de aquello que se ocultaba en las sombras de la noche, y que se atrevía a perturbar la tranquilidad de su sueño y la de los habitantes de la comarca en general.

CAPÍTULO II

La mañana de ese domingo era fresca y agradable. Los habitantes de la comarca se encontraban reunidos en el local de la presidencia municipal. Sus rostros dejaban entrever cierta angustia y temor con justificada razón, ya que durante las dos últimas semanas una serie de misteriosos eventos azotaban la región: un sin número de animales habían aparecido descuartizados. Al parecer, una fiera salvaje estaba haciendo de las suyas y devoraba cuanto animal se cruzaba en su camino. A este punto, los lugareños temían por sus vidas. Aunque ningún ser humano había sido víctima de tales ataques, era lógico pensar que sólo era cuestión de tiempo.

El presidente municipal se dispuso a dirigirse al pueblo. Era un hombre de apariencia corpulenta y bonachona, que a pesar de sus sesenta años parecía mucho más joven, quizá debido a que siempre se mostraba amable y de buen humor. Aclarando su garganta empezó a decir: —Señores... —y después de una pausa continuó — desafortunadamente yo me encuentro en la misma situación que ustedes, ya que hasta este momento no hemos encontrado el más mínimo indicio, la más mínima pista que nos guíe hacia el esclarecimiento de este misterio. Yo personalmente he ido a revisar los múltiples escenarios de ataques y desafortunadamente, vuelvo a repetir, no hay huellas que descubran la identidad de lo que está matando nuestro ganado.

Una voz se escuchó al fondo del salón de reuniones diciendo: —¡Es el 'chupacabras'! Tal comentario desató un sinnúmero de opiniones por todo el salón. —¡Son los marcianos! —decía otra voz. Otro grito se escuchó: —¡Es una bruja, por eso no deja huellas, ya que sale volando en su escoba! A tan chusca aseveración le siguió un concierto de risas y bromas, todo esto tratando de hacer menos tenso el momento por el que estaban pasando, aunque en el fondo la preocupación se iba anidando en sus corazones. Los habitantes de la comarca eran gente sencilla y modesta, dedicada a las labores agrícolas y, aunque sin mucho conocimiento, tenían fe y confianza en que las autoridades locales encontrarían pronta solución a la amenaza que azotaba la región, y no descartaban la idea de que justo en aquella reunión encontrarían la respuesta a todas sus preguntas.

Acallando todas las voces, el presidente municipal habló con voz fuerte y clara. —Calma señores, es importante que mantengamos la calma, sólo de esta manera llegaremos a descubrir lo que nos tiene tan alborotados y nos está quitando el sueño. Yo les aseguro que no descansaremos hasta encontrar lo que está matando nuestro ganado ya sean marcianos o 'el chupacabras', pero, al mismo tiempo les pido que extremen las precauciones y traten de no salir solos por las noches. Eviten sitios que parezcan propicios para un ataque, y de ser posible salgan acompañados de alguien si creen que se les hará tarde y no regresaran a casa con la luz del sol.

Joaquín, uno de los habitantes, se encontraba presente en la reunión y no pudo menos que notar la ausencia de su buen amigo José Manuel, y pensó para sus adentros: —Debe ser que se le juntó la chamba, por eso no pudo venir, o a la mejor nadie le avisó de esta reunión, o tal vez se encuentra enfermo. La reunión prosiguió entre gritos y comentarios por un buen tiempo más sin que lograr traer ningún alivio al desasosiego de los habitantes de la comarca. Una vez concluida la sesión uno a uno empezó a dejar el local, todos con la esperanza de que tales ataques terminaran y volviera todo a la normalidad. Joaquín, por su parte, decidió ir a visitar a su amigo y así enterarse cuál era la causa de su falta a tan importante reunión, ya que José Manuel era una de esas personas que se tomaban las cosas muy en serio, y no era común que faltara a ese tipo de asambleas. Ya hacía dos semanas que no hablaba con José Manuel por diferentes causas, ya que entre el cuidado del ganado y las tareas diarias, a veces sólo quedaba un poco de tiempo para cosas personales. Así es que ese domingo tenía un poco de tiempo y lo pensaba pasar con su buen amigo. Esperando que José Manuel no se encontrara ni ocupado ni indispuesto, pasó por la tienda del pueblo y se compró una botella de tequila y algunas botanas, suponiendo que eso lo animaría fuera cual fuera el estado de ánimo en el que su amigo se encontrara. Sin ser alcohólicos o borrachos empedernidos, ambos disfrutaban de vez en vez un buen trago de tequila. Con estos pensamientos en su cabeza abordó su camioneta y tomó camino rumbo a la casa de su buen amigo José Manuel. Además, quería olvidar un poco el mal momento por el que pasaba la comarca entera. En camino hacia la casa de José Manuel una andanada de recuerdos se agolpaban en su mente, remontándolo a los días de su infancia cuando todo era tan fácil, donde lo más importante era divertirse y pasarla bien con José Manuel y su amiga, Rosario, como los tres mosqueteros... uno para todos y todos para uno. Algunas veces se les unía Ramiro, un niño callado y sombrío, pero tal vez por ese mismo carácter apagado no acababa de conectarse con el grupo, y casi al instante era dejado de lado. Aunque más delante volvería a tratar de juntarse de nuevo, el resultado final siempre era el mismo: nunca acababa por ser parte de este o de ningún otro grupo, siempre solitario y apagado. En cierta forma, Ramiro parecía disfrutar de ese anonimato en el que se encontraba cada día. De esta manera transcurrieron los años y la infancia dio paso a la adolescencia, transformando a Joaquín y José Manuel en gallardos y apuestos jóvenes, mientras que Rosario se había transformado en toda una belleza. La chica era poseedora de unos ojos cafés que reflejaban la luz del sol y el brillo de las estrellas. Su pelo negro azabache caía como cascadas sobre sus hombros, sus mejillas sonrosadas eran suaves como piel de durazno, sus labios de un rojo color que semejaba el matiz de las granadas. Tan llenos y vibrantes, sus pechos turgentes y seductores parecían desafiar las leyes de la gravedad, mientras que las curvas de su sinuoso cuerpo, cuando cruzaba por las calles del pueblo, despertaban las pasiones en los hombres y arrancaba suspiros hasta del más recatado de ellos, y aún más los suspiros de Ramiro, que parecía cada día estar más enamorado. Aunque nunca tuvo el valor de confesarle a ella su empedernido amor, siempre buscaba la más mínima oportunidad para hablarle y acercarse a ella, pero, ella solo tenía ojos para Joaquín y José Manuel. A pesar de haber crecido juntos como hermanos, con el paso de los años una fuerte atracción había crecido entre ellos. Ya habían dejado atrás la infancia y sus juegos inocentes para dar paso a la adolescencia. Con ello, sus cuerpos habían experimentado cambios y descubrían nuevas sensaciones y deseos al transcurrir de los días. Y, por supuesto, ellos no eran ajenos a las seductoras formas del cuerpo de Rosario. Sin embargo, ninguno de ellos hacía comentario alguno para evitar enrarecer la enorme amistad que los unía. Rosario tenía pleno conocimiento de que algún día tendría que elegir entre los dos, pero los amaba de la misma manera y sabía que sería difícil elegir entre uno de ellos. Le encantaba la manera despreocupada y sin prisas de Joaquín, con esa sonrisa burlona que siempre tenía, tomando todo con buen sentido del humor y bromeando en cada oportunidad y con ese carisma que tenía para el sexo opuesto. Parecía que no había mujer que se resistiera a sus maneras de decir y hacer las cosas. José Manuel, en cambio, era un joven más serio y preocupado por la vida, siempre con el ceño fruncido pero a decir verdad, también él tenía bastante arrastre con las muchachas del pueblo. Las jovencitas se derretían cuando los dos pasaban por el pueblo, y no faltaba alguna atrevida que en voz alta hiciera un comentario acerca de lo buen mozos que ambos eran. En cierta manera ambos se compensaban uno al otro, pero mientras el momento de decidir llegaba, pasaban los días los tres juntos disfrutando cada momento. Aunque a Rosario le gustaban los dos, se inclinaba más por José Manuel ya que Joaquín tenía fama de mujeriego y enamorado, y no se veía casada con alguien de semejantes características. No faltaba una semana en la que no se hablara de algún lío de faldas en la que Joaquín no estuviera involucrado, muchas de las veces sin siquiera ser verdad. Como decían por ahí: "Haz fama y acuéstate a dormir". A Rosario esto no parecía molestarle en lo más mínimo. Siempre buscaba una salida graciosa a todos estos rumores y aunque le fastidiaban esos chismes, algunas veces prefería poner oídos sordos a la comidilla del pueblo. Le dolía que la gente lo juzgara tan a la ligera, ya que ella sabía que el poseía un enorme y noble corazón, a veces fácil y ligero, pero capaz de hacer el más grande sacrificio por sus familiares y amigos; eso borraba cualquier desmán que hubiera hecho en el fin de semana. Al fin y al cabo sólo era juegos, esos inocentes juegos de Joaquín. Finalmente, un día ella se decidió por José Manuel, con el que imaginaba una vida estable y hogareña. Además de que pasaba más tiempo al lado de ella y la atracción se transformaba en algo parecido al amor, ahora era cuestión de explicar a Joaquín esta delicada situación. Al parecer, este no se mostró ni sorprendido ni dolido, sino lo contrario: parecía de lo más feliz por la nueva pareja y aceptó gustoso ser el padrino de honor cuando ellos decidieron unir sus vidas en santo matrimonio.

Cerca del año de estar casados José Manuel y Rosario, una noche al regresar del pueblo después de cobrar el dinero de la cosecha, él regresaba a casa, cansado pero a la vez satisfecho de las ganancias obtenidas. Venía cargado de regalos para su joven esposa, deseoso de celebrar y compartir lo obtenido con ella. Al llegar, le sorprendió ver la casa en penumbras y de inmediato una corazonada le indicó que algo no estaba bien. Con paso veloz, José Manuel cruzó la distancia entre su camioneta y su casa, llamó a su esposa en dos ocasiones, pero solo el silencio le respondió. Al abrir la puerta de su casa descubrió a Rosario tirada en la sala, inerte y con espuma en la boca. Su cuerpo daba señales de rigidez, lo cual indicaba que ella había dejado de existir muchas horas antes. De inmediato corrió hacia la casa de uno de sus trabajadores y le dio la indicación de que fuera a buscar al doctor y a las autoridades para que levantaran el acta de defunción. Aparentemente, ella había fallecido por causas desconocidas. Aunque el doctor del pueblo se inclinó por un fallo cardiaco, José Manuel no acababa de aceptar que su esposa tan joven hubiera dejado de existir, ya que nunca había sabido que ella padeciera de alguna anormalidad cardiaca. No obstante, no había motivos aparentes para sospechar que hubiera sido algo más lo que causara la muerte de Rosario. Fue cuando Joaquín decidió por el cariño que sentía por ambos acercarse un poco más a su buen amigo y cuidar de él en estos momentos difíciles. A pesar de ser ambos tan fuertes, aquel era un duro golpe que les iba a dejar una marca imborrable en el alma por más tiempo que pasara.

Así, embebido en sus recuerdos, cuando menos lo esperaba ya estaba en las afueras de la casa de José Manuel. Joaquín empezó a descender de su camioneta cuando descubrió a José Manuel saliendo de su casa en dirección hacia él. De inmediato percibió el mal estado en que su amigo se encontraba: flaco y demacrado, con unas marcadas ojeras como él nunca lo había visto antes.

—¿Qué está pasando contigo? —preguntó alarmado por la deprimente condición en que su amigo se encontraba. De inmediato recordó que hacía casi un año del lamentable fallecimiento de Rosario, por lo que asumió que esa es la causa del mal estado de José Manuel.

—¿Cómo te sientes, quieres ir al doctor? Sin esperar respuestas, prosiguió con una andanada de preguntas sin darle la más mínima oportunidad a José Manuel de responder.

José Manuel, al ver que Joaquín no paraba de hablar, le hizo una seña con la mano indicándole que se detuviera un poco. Fue entonces que empezó a contarle lo que le acontecía, y el porqué de su menguada apariencia. Antes de decir algo, se acomodó en su sillón favorito, dejándose caer sobre él, demostrando así que un enorme cansancio lo consumía y lo evidente de que su salud se encontraba en decadencia.

—Tengo dos semanas de sentirme un tanto cansado —dijo José Manuel. —De primero no le di mucha importancia pero hace dos días fui a ver al doctor, quien me ordenó hacer unos estudios de sangre, y sólo estamos en espera de los resultados. Yo pienso que no es nada serio, y que pronto voy a sentirme mejor.

—¿Y cuáles son los síntomas que tienes? —indagó Joaquín a lo que José Manuel respondió.

—Despierto por las mañanas sintiendo como si alguien me hubiera dado una garrotiza, o más bien como si hubiera corrido una maratón, y con un mal sabor en la boca, como si hubiera comido algo desagradable la noche anterior. Me siento como si me hubiera puesto una borrachera.

—A la mejor eres sonámbulo y te levantas en la noche y andas corriendo tras de las gallinas de los vecinos —le dijo Joaquín en son de broma. —A la mejor hasta les robas el alcohol que tienen, espero que al menos las cocines y no te las comas crudas, tal vez por eso tienes ese mal sabor de boca por las mañanas. Oye por qué no me invitas una de estas noches para acompañarte en la parranda, y así estaremos seguros de donde vienen estos síntomas. No seas egoísta, al menos si no le hayamos solución a este problema tendremos una buena parranda.

Ambos rieron de la ocurrencia y decidieron e prepararse algunos tragos y seguir con la conversación. Prepararon algo para comer y platicaron de las cosas que estaban pasando por el pueblo, evitando ambos mencionar el nombre de Rosario, pero sin poder alejar de sus mentes el claro recuerdo que tenían de ella. Avanzada la tarde, Joaquín decidió regresar a su casa un poco más tranquilo, esperando que lo que aquejaba a su amigo era algo pasajero, y pensando que era sólo falta de compañía lo que lo tenía en tal deplorable estado. Se hizo a sí mismo la promesa de visitarlo con más frecuencia y velar por su buen amigo en memoria de todos esos años de infancia y por el recuerdo de Rosario que latía en su cabeza. Y, por qué no decirlo, en su corazón, y aunque él nunca lo mencionó, ella había sido la única mujer por la que él hubiera cambiado su vida de pendenciero y mujeriego. El fallecimiento de Rosario le había dejado en el alma un hueco y un vacío casi imposible de llenar. Sin embargo, por la amistad con José Manuel, prefería guardarse ese dolor muy en el fondo de su alma, aparentando ser el mismo enamorado empedernido que sólo buscaba aventuras pasajeras.

Coincidentemente, José Manuel y Joaquín compartían el mismo destino de haber crecido huérfanos, ya que ambos habían perdido a sus padres siendo los dos muy jóvenes. Por tal motivo las circunstancias los habían obligado a tomar responsabilidades de adultos siendo casi unos niños. Esa era quizá la razón por la que la amistad de ambos había florecido fuerte y sin dobleces, considerándose casi como si fueran de la misma familia. Ellos dos tenían plena conciencia de ello; sabían perfectamente que serían capaces de hacer cualquier cosa necesaria por ayudarse mutuamente cuando la ocasión así fuera requerida.

Sin imaginarse, los azares del destino muy pronto pondrían esa lealtad a prueba, donde sólo la fuerza de la amistad sería lo único que les ayudaría a afrontar las adversidades que se empezaban a formar como negros nubarrones en un futuro no muy lejano. Dicha amistad, aunada al recuerdo de Rosario, les daría la fuerza necesaria para luchar y sobreponerse a aquella desventura.

CAPÍTULO III

Dos semanas antes de estos acontecimientos, José Manuel había salido en su caballo a pasear como solía hacerlo cada tarde desde hacía cerca de un año cuando encontró a su esposa muerta de manera repentina y trágica. Sumergido en sus pensamientos se pasaba horas a lomos de su caballo sin alguna dirección fija. El sonido del viento sobre los arboles a su paso parecía el susurro de la querida voz de Rosario cuando, a media voz ella le repetía cuánto lo amaba, y así caían dormidos estrechados en un fuerte abrazo. Nada parecía entonces opacar los planes que día a día repetían con la promesa de llevarlos a cabo en un futuro que parecía estar al doblar de la esquina ¿Cuántos hijos quieres? Preguntaba Rosario; tres contestaba José Manuel, dos hombrecitos y una princesita, para que ellos puedan cuidar de ella. Yo también quiero tres, decía Rosario, pero, yo quiero dos niñas y un niño para que no lo dejen andar de enamorado. Ambos reían y casi palpaban con sus manos ese ansiado día que esperaban, ignorantes de las vueltas del destino, desconociendo el negro horizonte que se les avecinaba. José Manuel dejaba de pensar por un momento al descubrir lágrimas corriendo por sus mejillas, y con un rápido movimiento de su mano las limpiaba de sus ojos. Volteando para todos lados se aseguraba de que nadie había notado ese momento de debilidad. Para su tranquilidad nadie andaba por esos parajes, por tanto continuaba su recorrido, cabizbajo y callado. De vez en cuando un suspiro se escapaba de sus labios como muestra del sufrimiento que lo consumía. Poco más tarde, cuando estaba a punto de regresar a casa, descubrió a lo lejos una silueta en el camino. Al acercarse un poco más, supo que se trataba de Ramiro, el cual, enfocado en su tarea de recoger plantas, parecía no notar la presencia de Juan Manuel. Una vez estando a unos pasos de distancia trató de llamar la atención de su amigo.

—Buenas Ramiro, ¿qué haces por estos rumbos?

—Buenas José Manuel —respondió Ramiro— ya ves, recolectando plantas para surtir mi alacena con hierbas que más tarde podría necesitar. Nunca falta alguien que necesite una curación y más vale estar prevenido para estos casos. ¿Y tú cómo te sientes, cómo va todo con tu vida, alguna novedad? Cuenta conmigo si necesitas ayuda algún día.

José Manuel permaneció pensativo por un momento, ya que de antemano sabía que Ramiro era considerado por muchos como un curandero, y por muchos otros más como un hechicero o brujo. Luego de la breve pausa se atrevió a preguntarle a Ramiro.

—¿De verdad crees en tus plantas? ¿Crees que ayuden al sufrimiento humano?

—Mira José Manuel, la mayoría de la medicina se produce con las plantas que aquí tenemos y aún hay muchas plantas cuyo poder curativo aún no se ha descubierto. En mi caso conozco tantas de estas plantas que muchos no tienen idea de sus propiedades.

Al decir esto, una sombra de misterio y maldad cruzó por la mirada de Ramiro, pero José Manuel no le dio la más mínima importancia, ya que a su amigo siempre lo consideraban un tipo extravagante y lunático que creía de más en hechizos y supersticiones. En esta ocasión, sin embargo, José Manuel pensó que tal vez sería inofensivo aceptar algo del conocimiento que Ramiro poseía acerca de plantas medicinales, siempre y cuando no le propusiera un conjuro diabólico.

—Yo quisiera encontrarme con un brebaje que me haga menos pesada esta loza que llevo a cuestas cada día, algo que me haga ver la vida de diferente manera y así poder descansar por las noches sin este dolor que me quema el alma —dijo José Manuel. Algo que me quite la idea de darme un tiro en la cabeza —continúo diciendo como para sí mismo.

Ramiro, con un brillo siniestro en sus ojos, respondió a tal comentario.

—Yo creo tener lo que necesitas. Te voy a preparar una pócima que te va a ayudar, ya que te dará mucha tranquilidad y te quitará esas locas ideas que se revuelven en tu cabeza. Dame unos días y luego te llevo este brebaje que voy a preparar para ti.

Al decir esto se denotaba en su voz cierta excitación, como anticipando un esperado resultado. Procedió a dar vuelta y sin decir adiós se alejó por el mismo camino por donde venía. José Manuel permaneció viéndolo alejarse, rascándose la cabeza al pensar que Ramiro era de verdad un tipo por demás decirlo raro, pero de eso ya estaba consciente pues tenía mucho tiempo de conocerlo.

Pasaron tres días y José Manuel casi había olvidado aquella conversación que había tenido con Ramiro, pero al parecer su viejo amigo no había olvidado su promesa, y ese día por la tarde se apareció a las puertas de su casa con una botella de un líquido verdoso.

—Yo mismo he tratado este brebaje y me da energía y a la vez me relaja por las noches —explicó Ramiro. Me ayuda a dormir cuando tengo algo entre manos que me espanta el sueño...

Un velo de misterio brillaba en su mirada con cada una de estas palabras, por lo cual José Manuel estuvo a punto desdecirse, pero le pareció grosero y de mal gusto, ya que Ramiro se había tomado la molestia en prepararle la pócima. Ramiro le indicó que debía tomarse una copa de tal brebaje cada día por las tardes.

—Empieza ahora mismo —presionó Ramiro— que sea hoy tu primera dosis.

Ante tal la insistencia y para evitar una descortesía, José Manuel no pudo rehusarse a tal petición. Dejando de lado sus recelos y con la esperanza de que dicha bebida lo tranquilizaría, se sirvió una copa y sin pensarlo dos veces apuró el contenido de la copa. Con un gesto de asco casi devuelve lo que había ingerido. Ramiro admitió el mal sabor de su compuesto.

—Tienes que hacer un esfuerzo en quedártelo adentro —le aconsejó su amigo.

José Manuel, tratando con un gran esfuerzo de sobreponerse al mal sabor logró ingerir tal líquido, que a pesar de oler como cualquier otro té, su sabor era algo imposible de describir.

—No sé si voy a ser capaz de tomarme una copa más de este menjurje —confesó a Ramiro.

—Con tres días que te lo tomes será suficiente —aseguró Ramiro. Yo te garantizo que vas a ver una gran diferencia.

Tras decir esto dio vuelta una vez más, y se alejó intempestivamente de la misma forma como en ocasiones anteriores.

Ya a solas y aún con el mal sabor de boca por el brebaje que acababa de ingerir, José Manuel decidió no montar su caballo sino salir a caminar por un momento. Por el sendero, sorpresivamente todo le pareció diferente y claro: el aire que llenaba sus pulmones, el olor de las flores, y cada uno de los ruidos del monte. Esbozaba una sonrisa pensando que se trataba de una sugestión y que "las brujerías" de su amigo curandero sí parecían funcionar. Sin darle más importancia a sus pensamientos camina por cerca de una hora más.

Una vez de regreso a su casa, José Manuel buscó comida en el refrige-
rador, ya que sentía un apetito increíble como hacía mucho tiempo no lo
sentía. Preparó un bistec y lo devoró como si tuviera días de no haber comido. Al concluir su cena y tras recoger la cocina, de nuevo decidió hacer
otra caminata. La luna brillaba en su máximo esplendor y ejercía cierta
atracción sobre José Manuel, que no podía apartar los ojos de ella, mientras una rara sensación de vitalidad lo invadía. La euforia parecía llenar
todos sus sentidos, haciéndole sentir un deseo de correr tras los conejos
y venados que salían a su paso; se sentía como un chiquillo bajo el influjo
de esa extraña sensación. Al regresar de su caminata lo invadió un sopor
que lo hizo caer sobre su cama y quedar dormido en cuanto su cabeza tocó
la almohada.

Al día siguiente, muy temprano por la mañana, Juan Manuel se levantó
a preparar un café pero antes de siquiera tomar un sorbo, se calzó sus zapatos de correr y salió a todo trote de su casa. Una rara energía invadía su
cuerpo y lo llenaba de una sensación de felicidad que hacía mucho tiempo
no experimentaba, la cual estaba disfrutando. Corrió por un lapso de cuarenta y cinco minutos sin la menor fatiga. Al regresar a casa se dio un baño
para después prepararse un buen desayuno, el cual devoró con singular
apetito. Con ese nuevo brío se preparó para las labores del día.

Sus trabajadores, un tanto sorprendidos por el drástico cambio de su
patrón, no acaban de comprender por qué ese cambio tan radical, y prác-
ticamente ocurrido de la noche a la mañana. Todos ellos estaban felices
de que José Manuel estuviera de regreso, ya que ellos de verdad querían a
su patrón, especialmente Don Antonio y Pedro, quienes lo conocían desde
niño y sabían qué tan buena persona era con ellos y sus familias. Durante
años habían trabajado al mando de su padre y ahora trabajaban al mando
de José Manuel. Sabían cuánto se preocupaba él por ellos ya que los consideraba como parte de la familia, una familia que al paso de los años se
hacía más cercana y unida. Por ese motivo les dolía el hecho de verlo sufriendo cada día sin hallar consuelo a su pesar. Por esa razón, al verlo así,

lleno de vitalidad y energía —fuera lo que fuera lo que le devolvía el ánimo— los llenaba de satisfacción. El resto del día transcurrió sin mayores contratiempos. Daba gusto trabajar así con alguien que hacía el día más fácil de llevar, y la jornada no parecía tan larga sin esa cara de sobriedad que José Manuel había puesto por cerca de un año.

Al regresar a casa, José Manuel descubre a lo lejos a Ramiro, quien se dirigía a su encuentro.

—¿Cómo estás Ramiro? —preguntó José Manuel. Sin dejarlo responder continúo diciendo. —No necesitas recordarme que debo tomarme el medicamento, que aunque sabe a rayos con gusto lo tomaré hoy de nuevo. Con una sonrisa enigmática y misteriosa Ramiro le respondió.

—Me da gusto escucharte decir eso.

Sin esperar más, Ramiro se dio media vuelta y se alejó, dejando a José Manuel con la palabra en la boca y sin poder terminar lo que quería decirle. No obstante, no pareció darle importancia; él siempre había sido así.

Sin esperar nada más, al llegar a su casa, José Manuel se preparó la copa con la segunda dosis, esperando que esta vez no le supiera tan mal como la primera vez. Tapándose las narices para evitar el fuerte olor, apuró el contenido de la copa y, una vez más, estuvo a punto de expulsarlo de su boca. Haciendo un gran esfuerzo logró mantenerlo dentro y a pesar del desagradable sabor, esbozó una sonrisa tras ingerir el bebedizo. Calzando sus zapatos de correr se dispuso a salir, cuando un fuerte dolor en el estómago lo hizo perder la vertical. Al dolor le siguió una especie de escalofrío que recorrió todo su cuerpo, erizándole la piel y haciéndolo temblar, tirado en el suelo, gimiendo y retorciéndose como animal herido. Todo pasó en cuestión de segundos, y así, de la misma manera como llegó ese malestar, desapareció, como si nada hubiera pasado. José Manuel se puso de pie y salió de su casa, impulsado de nuevo por una extraña energía. Empezó a correr por una vereda cercana, mientras no dejaba de impresionarle la velocidad con la que podía correr. Aunque anteriormente él era uno de los muchachos más rápidos del pueblo, nunca antes había sido tan veloz como lo era ahora. Incluso imaginaba que, de proponérselo, podría dar alcance a cualquier animal que se cruzase en su camino. Sentía poseer el sigilo necesario como para tomarlos por sorpresa y, al parecer, le agradaba la idea. Mojado de sudor, corrió por aproximadamente hora y media sin sentir la más mínima muestra de cansancio. Sus sentidos, en máxima alerta, le daban la impresión de poder escuchar y oler por más mínimo que fuera el sonido o la esencia que hubiera en el aire. Era, por demás decirlo, una rara pero a la vez una excitante experiencia.

De regreso a casa descubrió en el sendero un conejo que se detuvo por un momento. De inmediato José Manuel sintió el impulso de correr tras de él y, dando grandes zancadas, comenzó la breve persecución, ya que esta terminó en cuestión de minutos cuando logró atrapar el pobre animal sin mayor esfuerzo. Una vez con el tembloroso conejo en sus manos, sintió en sus manos cómo la sangre corría por las venas del conejo, lo cual lo llevó a sentir unas extrañas ganas de morder al animal. Ese deseo lo llenó de miedo e incertidumbre, mientras se preguntaba a si mismo qué podía estarle pasando. Repuesto de tan sorpresivo arranque dejó libre el animalillo y se alejó paso a paso en dirección de su casa, pero, aun sentía la excitación y podía escuchar claramente como latía aceleradamente su corazón.

Una vez dentro de su casa trató de no darle demasiada importancia a lo ocurrido. Empezó a comer lo que encontró a su paso. Experimentaba una extraña sed que le secaba la boca y por más agua que tomaba parecía no poder contener ese deseo de beber algo que no fuera ese misterioso líquido. A su mente volvía esa sensación que tuvo al sentir en sus manos cómo la sangre del conejo corría en su interior, causándole una especie de escalofrío que recorría su cuerpo.

Después de tomar un baño, ya más calmado, se tiró en su cama con sus brazos bajo su cabeza. Preocupado por lo acontecido, se volvió a hacer la misma pregunta: ¿Qué me está pasando? Ayúdame Dios mío, creo que me estoy volviendo loco. Así, dando vueltas en su mente, repasaba cada uno de los hechos que habían ocurrido ese día por la tarde. Exhausto por el sinnúmero de extraños eventos poco a poco fue cayendo en un profundo sueño, mientras su rostro aún reflejaba ese gesto de preocupación que le empezaba a corroer el alma.

A la mañana siguiente, debido quizá a la preocupación que sentía, decidió no salir a correr a pesar de sentir toda esa energía que le recorría todo su cuerpo. Después de un ligero desayuno se reunió con sus trabajadores que, como era su costumbre, ya estaban dedicados por completo a las faenas del día. Don Antonio, al verlo llegar, salió a su encuentro para darle a conocer los proyectos del día.

—Mira muchacho, perdimos dos becerros la noche anterior. Ese animal que anda atacando el ganado volvió a hacer de las suyas, y ahora nos ha tocado a nosotros —reportó Don Antonio. Tras una pausa señaló con el dedo y continuó diciendo. —Ahí al final de la milpa está lo que quedó de los dos becerros.

José Manuel le indicó que volviera a hacerse cargo de los trabajadores mientras que él iba a examinar los restos. Tal como lo había dicho Don Antonio, se trataba de dos becerros, o mejor dicho, lo que quedaba de dos becerros, ya que sólo eran huesos y pedazos de piel envueltos en un charco de sangre. José Manuel se acercó un poco más para tratar de localizar huellas, pero el olor de la sangre lo perturba notablemente. No podía apartar sus ojos de tal escena y pareciera que la sangre alteraba todos sus sentidos. Poniéndose en cuclillas recogió con el dedo un poco de la sangre regada por el suelo. Una imperiosa necesidad de probar el viscoso liquido lo hizo llevarse el dedo muy cerca de sus labios pero en ese instante, como saliendo de un trance, se percató de lo que estaba a punto de hacer. Espantado cayó de espaldas y tirando manotazos como pudo se retiró de ahí. Don Antonio, al verlo regresar, descubrió que una gran palidez enmarcaba su rostro.

—¿Tanto te impresionó ver tus becerros descuartizados? —inquirió el trabajador a José Manuel. —Estas más blanco que un papel.

—No, lo que pasa es que acababa de comer y se me revolvió un poco el estómago al ver tanta sangre, pero ya pasó. Así que, ¡a darle que hay mucho trabajo! —respondió José Manuel, un poco más repuesto.

El resto del día lo pasó aparentando estar de lo más tranquilo y relajado, sonriendo y contando chistes. No obstante, por dentro un desfile de imágenes e ideas revoloteaban por su cabeza, pero no quiso alarmar a nadie con el incidente que acababa de ocurrirle. Trataba de convencerse a sí mismo razonando que sus extrañas experiencias debían de tener una explicación.

Una vez terminada la jornada del día, los trabajadores se dispusieron a regresar a sus respectivas casas. Don Antonio, que conocía a José Manuel desde niño, notó en él ese gesto de preocupación, aunque lo atribuyó a la impresión que habría haberle causado a su patrón al ataque de la noche anterior. Con la intención de disipar la preocupación de José Manuel, le preguntó.

—¿Quieres que hagan una guardia en el corral de los animales para así evitar otro ataque igual?

—No creo que haya necesidad de eso, todo va a estar bien —respondió José Manuel. —Váyase a descansar que buena falta le hace, hemos trabajado muy duro y nos merecemos un buen descanso.

Al oír eso Don Antonio estrechó la mano de su empleador, ofreciendo sus servicios en caso de ser necesarios.

—Ya sabes dónde estoy muchacho, no lo dudes ni un momento, búscame si me necesitas.

José Manuel deseaba poder confiarle a aquel siervo fiel todo lo que está pasando con su vida, pero evitaba alarmarlo, así que se limitó a reiterar lo dicho anteriormente.

—Váyase a descansar Don Antonio, nos vemos mañana.

Ambos tomaron el camino a sus respectivas casas. José Manuel caminaba con cierto temor como consecuencia de los eventos ocurridos en los últimos dos días. Llegando a su casa trató de no pensar mucho en lo ocurrido, sin embargo sentía una sed espantosa, y por más agua que tomaba no logra saciar aquella sed. De un momento a otro cierta desesperación comenzó a apoderarse de él, mientras sus ojos se fijaron sobre la mesa, justo en aquella botella que contenía el brebaje verdoso que Ramiro le había preparado. Impulsado por una fuerza incontrolable y sin pensarlo dos veces, tomó el envase y apuró dos grandes tragos, olvidándose por completo de la repulsión que le causaba el sabor de esta bebida. La infusión de inmediato le hizo sentir calma mientras su sed parecía ceder gradualmente. A la calma le siguió un profundo sopor que de cierta manera le daba ese alivio que tanto necesitaba.

En la fase más profunda de su sueño, Juan Manuel se ve así mismo completamente transformado en algo que parece más animal que humano. Como si se tratase de una película de terror, en vez de respirar parecía jadear. En aquella visión sobrenatural, sus mandíbulas se transmutaron en fauces que babeaban constantemente. Sus ojos aparecían inyectados con sangre, dándole un aspecto demoniaco. Las ondas cerebrales de aquel sueño pesado lo hacían verse a si mismo saliendo de la casa e instantes después corriendo por las veredas, evitando los caminos principales. En medio de su sueño recordó a su amigo Joaquín, e instintivamente se dirigió con dirección de su casa, sabiendo que ahí encontraría la protección y seguridad que en ese momento necesitaba. Pero se preguntaba, ¿qué pasaría si Joaquín lo desconocía? ¿Qué explicación le daría cuando él le preguntara a qué se debe esa transformación? Claramente se veía frente a la casa de su amigo e indeciso caminaba al amparo de las sombras. Sin atreverse a acercarse un poco más, finalmente regresó sobre sus pasos e inicia una loca carrera por entre los plantíos de maíz y alfalfa. Perdiendo la noción del tiempo continuó su loca carrera hasta que, exhausto, regresó a las puertas de su casa, para después verse a sí de regreso en su cama, donde termina lo que él concibió como un extraño sueño.

Horas más tarde se levantó de su cama y de inmediato vino a su mente el sueño de la noche anterior. Le causaba sorpresa sentir dolor en sus piernas, lo que lo llevó a preguntarse si de verdad se había tratado de un sueño o una realidad.

Tratando de alejar de su mente tantas ideas se preparó para ir a su trabajo, en donde pasó el día alejado de todos sus trabajadores. No quería dar ninguna explicación de ese mal humor que lo embargaba. Además, no podría dar ninguna explicación lógica a tan loco sueño. Decidió regresar a su casa más temprano de lo habitual, alegando sentirse un poco mal del estómago. Tal explicación solo alarmó a don Antonio, que por su edad y experiencia intuía que algo no estaba del todo bien. Decidió guardarse esta sospecha para sí mismo y pensó que lo mejor sería ir y hablar con Joaquín acerca de lo raro del comportamiento de José Manuel.

Pasaron cinco días más y José Manuel seguía adicto al brebaje, que ya no le parecía tan malo. Seguía teniendo el mismo sueño cada noche, ese mismo sueño que parecía tan real y que lo llenaba de dudas al no saber si de verdad todo esto era producto de su imaginación o si era realidad. Se sentía maniatado y no hallaba a quien decirle lo que le pasaba, pues se imaginaba que sus amigos pensarían que se estaba volviendo loco y esto lo llenaba de angustia y desconsuelo al no poder tomar una decisión. Su semblante reflejaba todo esa pelea interna que estaba sosteniendo consigo mismo, además de que por el día se la pasaba como sonámbulo, sin ganas de trabajar y con un gran cansancio tal pareciera que no descansaba por las noches.

CAPÍTULO IV

Esa tarde, una vez, más José Manuel volvió a sentir la necesidad de ingerir el misterioso té, a pesar de haberse propuesto la tarde anterior no volverlo a tomar. Con pulso tembloroso tomó la botella que sólo tenía un poco menos de la mitad del verdoso líquido y, como si se tratara del más preciado elixir, apresuró dos tragos, tal como si tratase de un té milagroso. Inmediatamente empezó a sentirse tan relajado como si flotara entre nubes. En ese momento nada parecía importar y todo estaba bajo control. Tirándose de golpe en su cama y mirando hacia un punto indefinido en el techo de la casa, parecía como si el tiempo se hubiera detenido. Aquellos instantes transcurrían para él sin preocupaciones, dolores ni cansancio. Paulatinamente empezó a caer dormido, con una expresión de paz reflejada en el rostro, la cual se vio interrumpida por su propia imagen de pie y en medio de la habitación. Una vez más estaba teniendo esa pesadilla, y de la misma manera que las veces anteriores, empezó a correr entre los plantíos de milpa y alfalfa tratando de estar a salvo de posibles miradas. Aquella visión lo volvió a encaminar a la casa de su amigo, en donde se sentía más seguro. Rondando la casa siguió la misma rutina previa, aunque ahora se había acercado demasiado y hasta la entrada. Sin saber qué hacer caminó alrededor de la vivienda hasta que finalmente, de un salto, trepó en uno de los árboles cuyas ramas caían sobre las tejas de la casa. Aunque había trepado con una enorme facilidad al árbol, caminar sobre el tejado era casi imposible, ya que las tejas se deslizaban cuando daba cada paso sobre ellas. En ese momento escuchó con claridad cuando la puerta de entrada se abrió, y miró como Joaquín, con pistola en mano, empezó a correr en derredor de su morada. Como pudo se escondió entre las ramas de los árboles, cuyas sombras lo ocultaron de la mirada de su amigo. Con terror vio como Joaquín trataba de penetrar la oscuridad con su mirada, y respiró con alivio cuando descubrió cómo su amigo se iba a la parte posterior de aquel inmueble. En ese momento decidió saltar y correr a toda velocidad con dirección del plantío de milpa. Una vez ahí, se detuvo brevemente, tratando de calmar el ritmo acelerado de su respiración. La detonación de dos disparos lo dejó inmóvil y, temiendo por su vida, trató de gritar y hacerle saber a Joaquín que se trataba de él pero, extrañamente, de su garganta sólo salió una especie de gruñido en lugar de palabras. Ese sonido sobrehumano lo llenó de pavor y lo hizo huir espantado del lugar, deteniéndose sólo en un par de ocasiones para calmar su sed con el agua de algunos charcos que se habían formado en el camino. Por primera vez, José Manuel pudo ver la transformación que había sufrido al ver su imagen reflejada en aquellos charcos de agua, y con un manotazo borró su reflejo. Quiso gritar pero, de nuevo, un aullido salió de su garganta, semejando el de un animal herido. Desconcertado, solo atinó a correr y huir lo más lejos posible, hasta encontrarse a orillas del barranco. Es ahí donde finalmente concluyó que no había sido una pesadilla, sino una experiencia real: se había convertido en una bestia nocturna. A pesar de no recordar haber lastimado a nadie y no tener ni idea sobre qué posibles daños habría causado, la evidencia apuntaba hacia él, y comenzó a temer por su vida. Tenía que existir alguna forma de revertir aquella metamorfosis a su persona, pero con esa apariencia era imposible encontrar a alguien que lo pudiera ayudar. Siguió caminando buscando un escondrijo en donde pasar lo que quedaba de la noche, y sólo encontró una cueva donde se tiró. Con lágrimas de impotencia se quedó dormido, aunque solo por un momento, ya que la luz del nuevo día se asomaba por entre los cerros y el canto de los pájaros le indicaba un nuevo día.

Una vez recobrada su imagen decidió volver a casa. Caminaba tan concentrado en sus pensamientos que no advirtió que alguien más andaba por ese rumbo: Ramiro. Al parecer, su amigo lo había estado siguiendo todo este tiempo sin la menor intención de hablarle, sólo manteniéndose a la distancia, ocultándose en lo que encontraba a su paso, y con una mueca de satisfacción en su rostro; al parecer las cosas habían salido de acuerdo a sus siniestros planes. Ramiro se detuvo al descubrir que había alguien más por esos parajes: Don Antonio. El hombre había madrugado para revisar el cerco que sospechaba estaba en mal estado, y al ver a José Manuel tuvo la intención de hablarle, pero sin saber por qué se detuvo antes de hacerlo, quedándose ahí parado, claramente preocupado y sin atinar qué estaba pasando. Al mismo tiempo, desde su escondite, Ramiro observaba a ambos, por lo que decidió regresar por donde había venido, sin dejar que Don Antonio lo viera. Sigilosamente se internó en el monte con rumbo desconocido.

Ese domingo por la mañana, después de darse un baño, José Manuel se sentía tan cansado y tan exhausto de todos los eventos y revelaciones acontecidas la noche anterior, que sin pensarlo dos veces se tiró en la cama sin el más mínimo deseo de hacer nada durante todo el día. Por un momento trataba de pensar en hallar una solución a su problema, pero el cansancio fue mayor y se quedó profundamente dormido. No despertó hasta escuchar el ruido del motor de un carro frente a su casa. Se trataba de Joaquín que venía a visitarlo. De pronto una duda lo asaltó, y José Manuel empezó a formarse ideas del porqué de aquella visita. Se decía a sí mismo, "Tal vez me vio anoche, probablemente me siguió después de que anduve merodeando por su casa, a lo mejor alguien le contó..." Se hacía todas estas conjeturas mientras caminaba fuera de la casa en dirección del carro de Joaquín. Era tanta la preocupación que sentía que sólo observaba el movimiento de los labios de su amigo, sin poder escuchar ni la más mínima palabra de lo que él decía. Finalmente alcanzó a escuchar cómo Joaquín indagaba sobre su salud, al tiempo que mediante una seña con la mano le pedía que parara un poco. Ya más repuesto de la sorpresa, José Manuel empezó a narrar parte de lo que al principio le pensaba contar. Pasaron el resto de la tarde juntos platicando acerca de los últimos acontecimientos en la comarca. Durante aquella charla, una batalla se llevaba a cabo en su cabeza, ya que por un lado buscaba la manera de poder decirle a su amigo la clase de embrollo en el que se había metido, y al mismo tiempo por el otro lado se imaginaba que Joaquín no sería capaz de entender lo que al parecer era obvio, que él sólo estaba siendo víctima de los trucos de Ramiro. No obstante, a decir verdad, tampoco no estaba muy seguro que Ramiro fuera el responsable de esto que le sucedía, pero lo sospechaba debido a que él le había proporcionado aquel brebaje. Lo mejor sería, pensó, ir a buscarlo y aclarar de una vez por todas que es lo que estaba pasando. Para esto tendría que esperar a que llegara la noche y así poder interrogarlo, pero por hora sólo quedaba esperar. Los dos amigos decidieron comer algo y tomaron unos cuantos tragos. La compañía de Joaquín lo hacía de verdad sentir mejor, y por un momento olvidó todo esto que lo estaba agobiando y lo tenía al borde de la locura. Era bueno tener un amigo verdadero como Joaquín, con quien todo parecía mejor y más. Joaquín decide marcharse cuando ya empezaba a caer la tarde, y una vez más todas las dudas y angustias se agolpaban en la cabeza de José Manuel. Todos estos inexplicables sobresaltos y sinsabores volvían a hacerse presentes, peor aun cuando esa terrible necesidad de beber el misterioso té volvía a hacerse presente. Con pulso tembloroso tomó la botella entre sus manos, mientras la luz que parecía filtrarse a través de ella lanzaba verdes destellos que inundaban la habitación. Parecería como si esa irradiación lo estuviera llamando, como si de forma secreta le mandara una invitación o, tal vez, como si se tratara de alguna mujer que desde el otro lado de la calle le cerrara un ojo, en un tentador guiño. Era ahí en esa latitud sobrenatural donde una lucha entre el hombre y la bestia llegaba a momentos álgidos, donde el raciocinio y el instinto animal hacían del hombre una marioneta, víctima de las más mezquinas necesidades. José Manuel se aferró al último resquicio que le queda de humanidad y sacando fuerzas de flaqueza, arrojó la botella contra la pared, la cual se estrelló en mil pedazos, ocasionando que el preciado líquido se escurriera por el suelo. Confundido y sorprendido no atinó qué hacer pero al darse cuenta de lo que acababa de ocurrir, se tomó la cabeza con sus manos como tratando de asimilar la magnitud de lo acontecido. Desesperado se tiró de rodillas y trató de lamer el líquido, pero para su mala suerte este se había consumido en la madera del piso, y al pasar su lengua por tal superficie sólo consiguió cortarse con los pedazos de vidrios esparcidos. El pánico se apoderó de él. "¿Qué voy a hacer ahora, dónde puedo conseguir más té?", se preguntó sin encontrar respuestas a sus interrogantes. Empieza a tirar todo por el suelo, como si estuviera poseído por una fuerza sobrenatural quebró cuanto encontró a su paso. Finalmente la bestia ha vencido al hombre. Ensangrentado y con su ropa hecha girones, José Manuel era la viva imagen de un ente del demonio, algo salido de las páginas del más horrendo libro en una de esas escenas en donde el mal ha triunfado sobre el bien y sólo ha dejado a su paso un engendro maligno. Sentía como si miles de agujas se clavaran en su piel, como si descargas de electricidad recorrieran todo su cuerpo. El dolor es casi insoportable y sólo atinaba a gemir y lamentarse. Más que lamentos, eran gruñidos y jadeos que dejaban de lado el resto de humanidad que quedaba en él para dar paso al animal, que como tal se revolcaba en el suelo aullando de dolor. El estado de José Manuel era una escena dantesca que había disipado el rastro del aquel apuesto joven de hace unos días. Desesperado de no hallar alivio al dolor que lo acosaba, sólo acertó a salir de la casa en frenética carrera, sin idea alguna de a dónde dirigirse. En su alocada huida no había pensamiento alguno en su cabeza, y sólo se dejaba guiar por un instinto animal. A su paso los animales huían espantados de semejante bestia, quizás por el temor de ser atacados y devorados, pero José Manuel prestaba poca o nula atención a todo lo que se movía a su derredor, sólo quería seguir corriendo, pero, ¿a dónde? Como si alguna misteriosa brújula lo guiara, enfiló su carrera con dirección a la barranca, en donde se refugió en aquella cueva en donde había descansado la noche anterior. En cierta manera sentía que ahí podía descansar sin ser visto. Ya dentro de su guarida trataba de recuperar su aliento, mientras gritaba a todo pulmón, "¡Ayúdame Dios mío", o al menos esa era la idea en su pensamiento, ya que en verdad solo fue un aullido lo que se escuchó, haciendo eco en la barranca, retumbando por todo el valle, provocando que los animales se detuvieran por un momento, espantados e intrigados por tal sonido.

Tirado en el suelo hecho un ovillo, cayó profundamente dormido, y aquel sueño le trajo el descanso que tanto necesitaba. Horas después despertó y en un momento de lucidez, supo claramente lo que debía hacer. Parecía que al fin había encontrado la respuesta a todo este problema. De vuelta en su casa escribió una nota, la cual dejó sobre la mesa con la esperanza de que alguien la encontrara después.

CAPÍTULO V

Era domingo por la tarde y Ramiro se encontraba concentrado en la lectura de unos viejos papeles que parecían escritos en lenguajes extranjeros, o más bien en lenguajes antiguos. La verdad se trataba de libros que habían pertenecido a generaciones antiguas de sus familiares, y la forma en que se hallaban escritos era en antiguo náhuatl ya que Ramiro descendía de chamanes aztecas que conocían las artes de la botánica y la hechicería, y ellos siempre habían usados esos conocimientos para hacer el mal. Ramiro había heredado tales libros así como el conocimiento en artes de la magia negra. Sus familiares habían llegado a la comarca de El Refugio cuando Ramiro era apenas un bebé y nadie conocía el origen de ellos. Se instalaron muy cerca de la barranca, lo más alejados posible de cualquier contacto con los pobladores de la zona, y con los años ganaron prestigio como curanderos y siempre con una clientela lista a pagar por sus servicios. En el seno de esta particular familia, la lengua náhuatl se usaba como manera de comunicación, ya que era importante el saberlo puesto que todos los conjuros y encantamientos estaban escritos en ese lenguaje; era ahí donde radicaba la importancia de tal práctica. Los padres de Ramiro murieron cuando él era un adolescente, y sus dos hermanos mayores decidieron abandonar El Refugio un par de años después, marchándose con destino desconocido, de tal manera que desde entonces él había vivido solo, lo que parecía no importarle en lo más mínimo ya que la soledad se ajustaba a su forma de vida, especialmente cuando se hallaba hundido en la lectura no le gustaba ser interrumpido.

Dejó sus libros a un lado, se frotó los ojos con el propósito de descansarlos un poco, y poniéndose de pie caminó por la sala tratando de estirarse un poco y se asomó por la ventana. La obscuridad afuera era casi completa, tal pareciera que hasta los animales se mantenían alejados de aquellos parajes, como si presintieran las fuerzas malignas que emanaban de la propiedad de Ramiro, quien volvió a sentarse en el sillón y trató una vez más de regresar a su lectura. Por su mente pasaban imágenes de su niñez, de una época cuando trataba de encontrar amigos entre los niños de la escuela. Más por su timidez que por su aspecto sombrío, se le hacía casi imposible entablar amistades con ninguno de ellos, especialmente con Rosario, esa niña preciosa que siempre andaba acompañada de sus dos amiguitos, José Manuel y Joaquín, a los cuales odiaba con todas las fuerzas de su corazón. Ramiro culpaba a estos ya que por culpa de ellos Rosario parecía ignorar cualquier intento que él hacía por acercarse a ella. Algunas veces Joaquín o José Manuel lo invitaban y él sólo aceptaba por el hecho de sentirse cerca de Rosario, sin embargo el odio que sentía por ambos crecía cada día. Así pasaron los años, convirtiéndose todos ellos en adolescentes y la pasión que Ramiro sentía por Rosario, lejos de desaparecer o aminorar, seguía en aumento cada día, hasta llegar a convertirse en una pasión enfermiza, ya que ella sólo tenía ojos para Joaquín y José Manuel. A este punto de la vida ya ni siquiera hacía el intento de acercarse a ella; sólo la miraba de lejos mientras en su mente imaginaba qué podría hacer para ganar su corazón. Desafortunadamente para él, cierto día se enteró que Rosario y José Manuel eran pareja. Y lo peor de todo era que a Joaquín parecía no importarle tal situación y seguía tan amigo o más de la pareja. Ramiro se preguntaba a sí mismo: "¿Cómo puede Joaquín ser tan cobarde?", deseando con toda su alma un día hacerle saber cuánto odio sentía por él, y seguro estaba que ese día llegaría, por lo tanto, pacientemente esperaba esa oportunidad. La vida transcurrió su curso y un día se enteró que José Manuel y Rosario habían decidido unir sus vidas en matrimonio. Creyó volverse loco y a partir de ese momento empezó el estudio de la hechicería. Pasaba días y noches en la observación de plantas y del poder que ellas tenían; solo era cuestión de encontrar la oportunidad adecuada para expresar su resentimiento. Por las noches se acercaba a la casa de la pareja y se tiraba cerca de la ventana de la habitación, desde donde escuchaba claramente los momentos de pasión que ellos se demostraban. Sentía como si algo le traspasaba el corazón, sin embargo, volvía al mismo lugar para así tramar su venganza. El suyo era un sentimiento de cierta manera enfermizo, un tanto masoquista, pues sabía que le dolía escuchar a la pareja en sus arrebatos amorosos. A pesar de eso ahí estaba cada día en espera del momento oportuno para calmar esa sed de sangre que sentía. Cierta noche los escuchó haciendo planes de tener bebés. Rosario preguntaba a José Manuel: "¿Cuántos niños quieres?", a lo que su esposo le respondía que tres. Sin escuchar más, Ramiro se alejó de aquel lugar. Había decidido de una vez por todas terminar con eso.

La luna llena brillaba aquella fatídica noche, y el ruido del agua del río era lo único que interrumpía el profundo silencio en el ambiente. Al fondo de la barranca y con una lámpara de mano, Ramiro cortó un manojo de plantas y poniéndolas sobre el suelo, una especie de cántico comenzó a fluir de su garganta mientras pasaba sus manos por encima de las plantas. Alzando sus manos al firmamento prosiguió con el conjuro en lengua náhuatl. Las venas de su cuello se alteraban a más no poder, como si estuviera haciendo un gran esfuerzo para llevar a cabo este acto. Al finalizar con el conjuro cayó desplomado en el suelo, sobre el que permaneció cerca de dos horas hasta que el finalmente recobró el conocimiento. Con un brillo extraño en los ojos recogió las plantas y con ellas al hombro inició su camino de regreso a casa. Antes de meterse a la vivienda buscó una piedra plana donde posó las plantas, las que dejó expuestas a la luz de la luna. Tres días después, de rodillas antes las plantas que había puesto a secar, elevó una plegaria, pasando sus manos por encima de ellas con una reverente calma, como si fuera el más solemne acto. Asegurándose que estuvieran completamente secas recogió las plantas y de nuevo las volvió a extender sobre la piedra plana, tras lo que procedió a tomar una piedra redonda para machacar las plantas, una y otra vez, al mismo tiempo que elevaba una oración. Entró a su casa momentáneamente para regresar con una botella de cierto líquido, el cual mezcló con las plantas machacadas, haciendo una especie de masilla. Ramiro continuó con esta tarea por un largo rato, hasta que finalmente de las plantas sólo quedó un montón de maza verdosa. Sacando un paliacate de la bolsa de su pantalón se limpió el sudor de su frente para después poner en el centro de este el producto final de las plantas, con el líquido convertido ya en una verdosa maza. Procedió a atar el paliacate con el contenido dentro y lo volvió a posar sobre la piedra por una noche más. Al día siguiente hirvió agua en un perol en el cual depositó el paliacate como si tratara de una bolsa de té, dejándolo hervir hasta que cerca de la mitad del agua se había evaporado.

Cinco días antes cuando se encontraba cerca de la ventana de la casa de Rosario y José Manuel, Ramiro había escuchado cómo ella tenía planes para ir a visitar uno de sus familiares que se encontraba delicada de salud. La pareja aprovecharía que José Manuel tendría que ir al banco para ultimar los detalles de su cosecha, lo cual tomaba generalmente todo el día. José Manuel no quería llevar a su esposa con él porque ya sabía de lo tediosas que eran tales sesiones. Ramiro supo que esa sería la oportunidad que había esperado por tanto tiempo. La noche anterior a que Rosario saldría a visitar sus familiares, este llegó a la parte trasera de la casa que guardaba la leña para la chimenea. El principiante chamán traía consigo un galón de plástico con el líquido que había preparado noches atrás, y cuidadosamente humedeció los leños y los vuelve a colocar de la misma manera que los había encontrado. Sin embargo, Ramiro ignoraba que Rosario había cambiado de planes, decidiendo esperar que José Manuel estuviera libre y la pudiera acompañar. Muy temprano por la mañana José Manuel besó la frente de su esposa en señal de despedida y se alejó con rumbo de la ciudad. Casi al obscurecer regresó mientras Ramiro se encontraba escondido entre los árboles. Para su sorpresa, miró a José Manuel salir corriendo a toda prisa hacia una de las casas vecinas. Picado por la curiosidad corrió de inmediato hacia el interior de la casa para descubrir a Rosario muerta, tirada en el piso ella; había fallecido envenenada con la trampa que el mismo había preparado para José Manuel. Lágrimas de odio y dolor corrieron por sus mejillas. Ahí, frente al cadáver de la mujer que amaba, se juró a sí mismo darle a José Manuel un martirio en vida por lo que él estaba sufriendo en ese momento. Para evitar ser visto salió corriendo, al tiempo que tramaba qué hacer para poder descansar de este dolor.

A partir de ese momento Ramiro se dedicó en cuerpo y alma a estudiar los antiguos textos que sus antecesores le habían dejado. Por varios meses practicó una y otra vez para mejorar lo que planeaba llevar a cabo, y una vez considerando estar en plenitud, esperó pacientemente a que se le presentara la oportunidad de atacar. Sin embargo, aquella noche de luna llena sufrió una terrible transformación, ya que se convirtió en una especie de perro lampiño, como aquellos perros aztecas llamados xoloitzcuintli, aunque del torso hacia arriba era la imagen viva de un animal. La extraña criatura se desplazaba en dos piernas como cualquier humano; Ramiro finalmente había alcanzado su propósito de convertirse en un nahual, un xolo-nahual. En estos momentos tuvo un gran deseo de comer, y una desquiciante sed lo obligaba a atacar cuanto animal se le cruzara en el camino y era la sangre de estos la que calmaba dicha sed. Al final había encontrado las huellas de sus antecesores, aunque tuviera que matar y alimentarse de animales y devorarlos crudos como precio a pagar por haber hecho pacto con espíritus nahuales, con entes del más allá. Ramiro comprendía esto y gustoso aceptaba esa maldición con tal de vengarse de José Manuel y Joaquín por haberle robado el amor de Rosario y marginarlo de todo lo demás. Lo que no alcanzaba a comprender era que sus propias bajas pasiones lo habían dominado, y que él mismo había cegado la vida de la mujer que amaba.

El chamán pasaba cada tarde espiando cada uno de los movimientos de José Manuel, esperando descubrir algo que le ayudara a consumar su malévolo plan. Durante largo tiempo y armado de paciencia buscó y rebuscó hasta encontrar lo que finalmente le ayudaría. Una de esas tardes a sabiendas de la rutina de José Manuel, caminó por la vereda en la que él sabía lo encontraría. Fingiendo no haberlo visto pretendió encontrarse absorto en la recolección de algunas plantas. Buscaba dar la impresión de verse sorprendido cuando José Manuel le llamó.

—Buenas Ramiro ¿qué haces por estos rumbos?

—Buenas José Manuel, aquí, ya ves, recolectando plantas, para surtir mi alacena —contestó Ramiro, mientras una euforia recorría su cuerpo. A duras penas podía disimular el placer que le producía el saber qué tan cerca estaba de ponerle fin a su misión que él mismo se había propuesto hacía cerca de un año. Más eufórico se puso aun cuando José Manuel le preguntó por algún brebaje para calmar el dolor humano. Con gran esfuerzo se contuvo para no gritar a todo pulmón de la alegría que sentía, limitándose a decirle que le prepararía una pócima que le ayudaría a sentirse mejor. Dicho esto se dio la vuelta inmediatamente para que José Manuel no advirtiera la sonrisa que tenía a flor de labios, ni el brillo que nefastamente sus ojos habían adquirido. Todo parecía salir a pedir de boca, y solamente era cuestión de horas para consumar su venganza, y sólo restaría dedicarse en eliminar a Joaquín.

Ya caída la noche se enfiló una vez más con rumbo a la barranca, en donde llevó a cabo un ritual, como dando gracias a sus dioses aztecas por la vuelta que le estaba dando el destino. Así empezaba de nuevo su transformación, en donde quedaba atrás todo vestigio de humanidad y reaparecía la bestia, sedienta de sangre, y destilando maldad por cada uno de sus poros.

CAPÍTULO VI

Después de haber escrito la nota y ponerla sobre la mesa y salir de su casa, José Manuel caminaba por la vereda como si se tratara de alguien caminando bajo la influencia de alcohol o drogas, trastabillando, con la mirada perdida y sus pantalones hechos girones; parecía la viva imagen de algo poseído por un demonio. Don Antonio lo descubrió a lo lejos y trataba de llamar su atención al gritar su nombre dos veces, pero, José Manuel parecía no escucharlo y prosiguió su camino por la vereda con rumbo desconocido. Al ver esto Don Antonio se sintió invadido por la preocupación y no acertando qué hacer, tomó las llaves de la camioneta y a toda velocidad se dirigió a la propiedad de Joaquín. Este, al verlo llegar, se preguntaba que podía estarle sucediendo a Don Toño, pues parecía que lo viniera persiguiendo el diablo. Con su característica sonrisa burlona de inmediato se le acercó a preguntarle la causa de su inesperada visita.

—¿Qué pasa Don Toño? Parece que traía un cohete ¿o se le estaba quemando la comida? Don Antonio contestó de manera entrecortada.

—Algo le está pasando a José Manuel...

Joaquín, al ver el entrecejo fruncido de Don Antonio inquirió.

—A ver, a ver explíqueme más despacio ¿qué le pasa a José Manuel?

Don Antonio, lleno de excitación, le explicó a grandes rasgos del extraño comportamiento de su amigo. Sin perder un minuto más ambos treparon en la camioneta y se enfilaron hacia la propiedad de José Manuel. Durante el trayecto Don Antonio le terminó de contar cómo se había comportado José Manuel en los últimos días, con lo cual lleno de preocupación y desconcierto a Joaquín ¿Qué sería lo que le estaba pasando a su amigo? ¿Por qué estaba actuando de tal manera? Él nunca había tenido un mal comportamiento, siempre había sido un muchacho ejemplar, querido y respetado por todos; ojalá que pronto pudiera encontrar la respuesta a estas interrogantes. Llegando a la casa de José Manuel don Antonio le indicó en qué dirección se había marchado, pero ambos decidieron entrar en la casa con la esperanza de que ya se encontrara de regreso, pero no, sólo encontraron cosas tiradas por el piso, rastros de vidrios y muebles tirados. El desconcierto crecía entre los dos cuando Don Antonio descubrió una nota sobre la mesa. Tomándola decidió dársela a Joaquín, pues a él estaba dirigida. La nota empezaba de la siguiente manera: «Mira Joaquín, espero que cuando leas estas líneas ya toda esta pesadilla haya terminado; desafortunadamente en medio de mi desesperación me dejé llevar por los enredos de Ramiro, el cual me convenció, bueno, a decir verdad, yo me dejé convencer en beber una pócima que me está convirtiendo en algo que dista mucho de ser humano. Por las noches me transformo en una bestia, pero, yo estoy seguro de que no he hecho daño a nadie, y antes de que esto suceda prefiero cortar todo por lo sano para evitar que pase alguna desgracia. Antes de quitarme la vida voy a arrebatarle la suya propia a quien con engaños me convirtió en animal; ahora he llegado a tener un fuerte presentimiento de que él tuvo algo que ver con la muerte de Rosario. He estado atando cabos y casi lo pudiera jurar, pero, aunque no fuera así, yo si soy víctima de sus engaños y por esto si tiene que pagar...» Joaquín, al no dar crédito a lo que leía en voz alta, pausó por un momento, pero su enorme intriga y la confusión reflejada en el rostro de Don Antonio lo hicieron proseguir. «Despídeme por favor de Don Antonio y mis trabajadores. Pídeles por favor que me disculpen por el mal año que les hice pasar, que aunque me hubiera gustado que esto terminara de diferente manera, lo hecho, hecho está y no hay vuelta de hoja. Espero que al final ellos tengan un buen recuerdo de mí. Dejo todas mis propiedades a todos ellos para que se las repartan de manera equitativa. Tú repárteselas de manera justa. Gracias por haber estado ahí cuando más necesité de tu ayuda. Tú sabes que te consideré siempre más que un amigo, un hermano. Por favor no salgas a buscar a Ramiro ya que él es en realidad un tipo muy peligroso, y me dolería que te hiciera daño. Como ya te dije, yo voy a arreglar todo este enredo. Cuídate y recuerda que por fin voy a descansar, ya que finalmente me reuniré con Rosario en el más allá, algo bueno tendría que salir de todo esto, ¿no crees? Bueno, ya no queda mucho tiempo y la hora de ajustar cuentas ya ha llegado. No me olvides por favor, y cuéntales a tus hijos de mí, háblales de su tío José Manuel...» De esa manera terminaba la misiva.

Joaquín, con lágrimas en los ojos, dobló la carta y se la echón en una bolsa del pantalón. Acto seguido, de forma determinada, le indicó a Don Antonio volver al rancho de José Manuel para reunir a cuanto hombre fuera posible.

—Dígales que traigan armas, ya que no sabemos a qué nos estamos enfrentando —demandó de forma apresurada Joaquín, pero ante la dubitativa mirada de Don Antonio, volvió a insistirle. —¡Váyase por favor, apúrese si quiere que salvemos a José Manuel!

Ante tal insistencia, a Don Antonio no le quedó más que acatar tales órdenes y salir del lugar de manera despabilada, con la idea de regresar a ese lugar lo más pronto posible y salvar a los dos muchachos, como el los llamaba. Le tomó aproximadamente unos cuarenta y cinco minutos juntar algo de ayuda y ponerse de regreso a las cercanías de la barranca. Joaquín ya se encontraba a los alrededores de la casa de Ramiro, escondiéndose entre las sombras. Buscaba encontrar algún indicio de la presencia de este o de José Manuel, pero no parecía que alguien anduviera por ahí, y por más que agudizaba el oído no había sonido que delatase la presencia de ninguno en aquel paraje. En ese momento se escuchó el aullido de algún coyote en las cercanías y de inmediato se escuchó la respuesta de muchos más, como si entablaran alguna conversación. Tales sonidos le provocaron escalofríos al imaginar que podría ser atacado en cualquier momento. Con la boca seca y una angustia indescriptible, sintió la necesidad de salir corriendo y ponerse a salvo, pero al recapacitar y pensar en la suerte que pudiera estar corriendo su amigo, se armó de valor y fuerzas para quedarse ahí en espera de lo que pudiera pasar. Mientras tanto los coyotes siguen aullando y se escuchaban cada vez más cerca, cada vez más amenazantes. Joaquín, con la pistola amartillada y el corazón a punto de salírsele por la boca, trató de no hacer el más mínimo movimiento para no delatar su presencia. Aún sin entender el porqué de la excitación de los coyotes se movió lentamente hasta poner su espalda contra unas rocas, y de esta manera tener cubiertas las espaldas en la eventualidad de un ataque de las enfurecidas bestias. Pasaron así algunos minutos hasta que empieza a escuchar pasos entre la maleza, como si alguien caminara en su dirección. Podía escuchar claramente el crujir de ramas y hojas secas ante el peso de pasos que se acercaban en ese momento. No atinaba entre quedarse callado o denunciar su presencia con un grito, ya que se podría tratar de alguno de sus amigos que se aproximaban en su ayuda. Aterrorizado descubrió que no se trataba de ninguno de ellos y, además, eso que apareció en un claro del monte no era nada que se pudiera llamar humano: era una especie de mezcla entre un hombre y una bestia, lo más horripilante que él jamás había antes visto, con ojos rojos brillantes como inyectados de sangre, algo como salido de una pesadilla de horror. La sola presencia de tal bestia lo tenía paralizado, pero afortunadamente para él, la bestia aún no había descubierto su presencia por más que olfateaba tratando de descubrir dónde se encontraba. Aunque tenía la pistola cargada en su mano lo asaltaba la duda de no poder dar en el blanco, debido al temblor incontrolable que lo azotaba. Para su fortuna la bestia volvió sobre sus pasos internándose una vez más en la espesura de la noche. Un fuerte suspiro escapó de sus labios en señal de alivio y descanso a la tensión que acababa de experimentar. Una vez recuperado el valor que siempre lo caracterizaba, y tratando de ser lo más cuidadoso posible, emprendió la persecución de la bestia que aparentemente no se encontraba muy lejos, ya que podía escuchar el crujir de ramas a su paso. Guiándose con estos sonidos podía fácilmente ubicar la presencia delante de él, de tal manera que prosiguió su persecución hasta darse cuenta que ya los únicos ruidos eran los de sus pasos propios. De inmediato se detuvo sin poder decidir si seguir o regresarse sobre sus pasos, pero ya era demasiado tarde ya que se escuchó el rugir de la bestia a un lado suyo. Sin esperar un minuto más empezó a disparar su pistola hacia donde él creía haber escuchado tal ruido, pero no hubo indicio de haber impactado al responsable de semejante gruñido. De repente sintió cómo algo lo golpeaba en uno de sus costados, y ante tal impacto cayó rodando, sintiendo un fuerte dolor en sus costillas. En la caída perdió su pistola, y por más que buscaba a tientas no la podía localizar, y sólo encontró en su desesperación una rama seca, la cual empieza a agitar de un lado a otro con la esperanza de poder contactar con la bestia, lo que momentos después ocurrió. Escuchó un gemido mezcla con gruñido, y sin pensarlo dos veces volvió a tratar de golpear a semejante ente, lanzándose como poseído, tirando golpes a diestra y siniestra en parte por un sentido de supervivencia y en parte por la adrenalina que corría por su cuerpo. Logrando asestar varios de estos golpes hizo que la bestia aullara de dolor y retrocediera. Luego se escuchó una rápida carrera de la bestia tratando de poner tierra de por medio. Fue ahí donde Joaquín advirtió ese líquido viscoso que iba mojando sus ropas. Al remover la ensangrentada camisa notó una gran apertura en su costado derecho, dejando al descubierto sus costillas. Sintió cómo las fuerzas lo empezaban a abandonar, y cayó postrado de rodillas. En ese momento descubrió esos ojos rojos brillantes entre la maleza que lo observan cuidadosamente, como si esperara que estuviera completamente indefenso y así poder lanzar un ataque final. Sabiendo que sus minutos estaban contados, Joaquín trató de agarrar alguna roca del suelo y así poder defenderse, pero en cambio sintió un frío metal en sus manos; era su pistola. Aún con unas tres balas en el cilindro, sin pensarlo dos veces, amartilló su revólver y disparó una vez en dirección de donde se veían esos ojos brillantes, pero sólo escuchó el ruido que provocó la carrera de algo en la huida. Volvió a amartillar su pistola pero ya casi le era imposible sostenerla, como si esta pesara una tonelada. Sus fuerzas seguían cediendo cada segundo que pasaba, y lo único que lo mantenía alerta era el hecho de que él había sido siempre un hombre de pelea, y estaba seguro que esta vez iba a vender cara su derrota. Así, sacando fuerzas de flaqueza, se incorporó en espera de un golpe de suerte o de lo que pudiera venir. Con su mano izquierda trataba de detener un poco la sangre que seguía escapando de su costado derecho, mientras sentía como se le escapaba poco a poco la pistola de entre sus dedos. Fue entonces que descubrió ese aliento nauseabundo de la bestia respirándole a un lado de su cara. Joaquín trató de levantar el revólver pero ya era demasiado tarde, las fuerzas lo habían abandonado por completo, y sintió un dolor espantoso cuando unas fauces destrozaban su garganta y la vida empezaba a escapársele de su cuerpo.

CAPÍTULO VII

Después de dejar la carta y salir de su casa, José Manuel sólo había tenido una idea fija en su mente encontrar: a Ramiro y hacerle pagar todo el mal que le había causado a él y su amada Rosario. Se encaminó con rumbo de la barranca, que es donde Ramiro tenía su casa, pero en el camino descubrió a lo lejos a Don Antonio, y escuchó cuando él lo llamó dos veces. Pretendió no haberlo escuchado, ya que lo mejor sería no involucrarlo en este semejante enredo, además de que no podría explicarle ni su comportamiento ni su aspecto físico, así que siguió su camino hacia la barranca. Ya de noche se acercó a los linderos de la propiedad de Ramiro, mientras la luna en cuarto menguante se mostraba a medio cielo, teñida por un raro rojizo color como si estuviera cubierta de sangre. Una espesa bruma empezaba a cubrirla lentamente, dándole a la noche un aspecto fantasmagórico y tenebroso. Moviéndose sigilosamente trataba de localizar a su enemigo, pero a pesar de ser lo más callado y cuidadoso sentía como si un buen número de ojos siguieran cada uno de sus movimientos. Por más que trataba de sacudirse esa impresión de estar siendo observado, a cada paso que daba sentía esa desconocida presencia de algo acechándolo, pero por más que se esforzaba en descubrir de qué se trataba no encuentra el más mínimo indicio de la presencia de algo o alguien. Convencido de que era sólo su imaginación, caminó hasta el fondo de la barranca con la esperanza de encontrar ahí a Ramiro, pero sin lograrlo. Volvió a subir hasta la planicie y en ese momento descubrió cómo una manada de coyotes avanzaba en su dirección. Sin saber qué hacer, sólo acertó a permanecer estático, mientras los coyotes pasaban uno a uno a su lado a unos cuantos centímetros de él, sin importarles en lo más mínimo su presencia. Se desplazaban de forma extraña, como si fueran bajo el influjo de ciertas órdenes y dirigiéndose hacia determinado lugar. Los búhos y aves nocturnas en las copas de los árboles agitaban las alas denotando su excitación, al mismo tiempo que extraños sonidos escapaban de sus gargantas. Unos metros más adelante los coyotes se detuvieron, como si esperasen, de forma insólita, alguna orden. En eso se escuchó un aullido al cual, en coro, la manada respondió. Aquel aullido resonó por toda la barranca, en donde se escuchan otras manadas de coyotes respondiendo a ese llamado. Tras una breve pausa empezaron a avanzar en cierta dirección, sin importarles nada al derredor; parecían encontrarse en medio de un trance hipnótico. Ante tal inusitado escenario, José Manuel decidió seguirles, a sabiendas que lo conducirán a donde se encontraba Ramiro, y convencido de que era él quien había hecho algo para que estos animales respondieran de semejante manera a su llamado. De repente el silencio de la noche se vio interrumpido por el sonido de tres disparos. Sin esperar a saber qué es lo que pasaba corrió en dirección de los disparos, pero después de esto sólo se vino un gran silencio. Se detuvo con la idea de encontrar a quien había detonado la pistola, pero, solo un silencio sepulcral imperaba esa parte de la barranca. Tras una espera de varios minutos finalmente volvió a escuchar otro disparo de pistola, y esta vez habiendo localizado casi con exactitud de dónde provenía el estruendo de bala. Al llegar a ese claro del monte le sorprendió en gran manera mirar un nutrido número de coyotes haciendo una especie de círculo, como si fueran espectadores de algún evento. Lo más raro era que parecía que su presencia nos les causara malestar alguno, por tanto pasó por entre ellos. El terror se apoderó de él cuándo descubrió a Joaquín recargado en un árbol, y a una bestia a su lado a punto de atacarlo. Por más que trataba de gritar las palabras no salían de su boca e impávido vio como de un mordisco la bestia destrozaba la yugular de su amigo. Ciego de ira atacó a la bestia, la cual al verse sorprendida cayó momentáneamente al suelo, aturdida por tal ataque. José Manuel, sin darle tiempo a recuperarse, le saltó encima y ambos empiezan a rodar cada vez más cerca del precipicio. Lo que parecía sería una pelea de poderes iguales se fue inclinando poco a poco al lado de la bestia. José Manuel se dio cuenta del poderío y la fuerza animal con la que contaba Ramiro. Sentía como su carne era cortada en girones en cada zarpazo que le propinaba, y cada vez se sentía más debilitado por la pérdida de sangre y por el esfuerzo realizado, pero volvía a incorporarse una vez más, sobreponiéndose a semejante castigo. Ya le faltaban las ideas y no se le venía a la cabeza cómo poder vencer semejante ente del demonio. Una vez más volvió a sentir un zarpazo que le cruzó la cara y todo se oscureció. Casi a punto de perder la razón vio como Ramiro se acercaba un poco más al precipicio y empezaba a aullar, con lo cual se escuchó el aullar de los coyotes, como si de cierta manera celebraran la victoria de la bestia. Sacando fuerzas de flaqueza, José Manuel recogió un leño que encontraba tirado en el suelo, y con pasos trastabillantes avanzó en dirección de Ramiro. Con las últimas fuerzas que le quedaban asestó un golpe en la cabeza de la bestia, la cual cayó al suelo, con lo que José Manuel aprovechó para darle dos garrotazos más. Podía escuchar cómo crujían los huesos de la bestia cada vez que asestaba un nuevo golpe. Una vez repuesta de la sorpresa, la bestia tiró un zarpazo y logró derribar a José Manuel. Ahí, en el suelo, se trenzaron en una fiera lucha, una vez más rodando peligrosamente cada vez más cerca del precipicio. Entre gruñidos y lamentos continuó la contienda sin pedir ni dar tregua. Era difícil distinguir quién era quién ya que sólo parecía una especie de manojo humano revolcándose en el suelo bajo la pálida luz de la luna. En una de esas vueltas ambos rodaron precipicio abajo.

Don Antonio, que acababa de llegar al lugar de la escena, sólo alcanzó a ver cómo dos figuras se desplomaban al precipicio. En eso estaba cuando descubrió el cuerpo casi inerte de Joaquín y corrió a brindarle ayuda. De inmediato se dio cuenta de la gravedad de la situación, ya que se percibía cómo se le estaba escapando la vida. Con voz muy baja Joaquín balbuceo sus últimas palabras a Don Antonio.

—Salve a José Manuel... no deje que Ramiro... se salga con la suya...

Dicho esto, un fuerte estertor sacudió su cuerpo para luego exhalar un último suspiro. Fueron en vano los intentos de don Antonio de mantenerlo con vida. Después observó cómo los coyotes se acercaban a la orilla del precipicio, como si buscaran la presencia de Ramiro. En ese momento se apartaron de la orilla, y una mano se aferraba a las rocas del borde del precipicio. Era Ramiro que no había caído, y emergía por demás decirlo amenazante, mirando fijamente a Don Antonio, al mismo tiempo que los coyotes hacían lo mismo. Dio una vez más un fuerte aullido y los coyotes le imitaron, lo cual dejó paralizado a Don Antonio. Ramiro se disponía a dar un paso en su dirección cuando una mano lo tomó por el tobillo y lo empezó a jalar en dirección del precipicio. Era la mano de José Manuel, que tiraba con todas sus fuerzas para tratar de terminar de una vez por todas con su enemigo. Ramiro, entre espantado y sorprendido, perdió la vertical y desesperadamente trató de aferrarse a algo, sin encontrar nada, mientras se deslizaba por el suelo, con el espanto reflejado en los ojos y dando aullidos de espanto, tirando manotazos. Tratando sin lograrlo de aferrarse a algo, continuó su caída sin poder evitarlo. José Manuel, mientras tanto y con ambas manos, sujetó firmemente a Ramiro por el tobillo con la intención de llevarlo consigo en su caída al fondo del barranco. Un último aullido sale de la garganta de Ramiro al darse cuenta que su final había llegado. Toda la maldad con la que había vivido llegaba a su fin, a sabiendas que ahí terminaba la corta existencia del nahual. De nada servían los conocimientos que había adquirido; al fin de cuentas aún era un ser mortal, y como tal se enfrentaba a ese destino que enfrentan los seres mortales, la muerte.

José Manuel dejó libre el tobillo de Ramiro, cayendo en caída vertical abrió los brazos como en espera del abrazo de su amada Rosario, e imaginando en su caída cómo ella le sonríe, como si lo invitara a reunirse con ella. Una sonrisa le ilumina el rostro reflejando un mundo de paz que hacía mucho tiempo no sentía. Al fin se reuniría con su amada e imaginaba que este no era el fin sino el comienzo de una vida eterna al lado del amor de su vida.

Don Antonio, aún aturdido por los eventos de aquella noche, disparó al aire dos veces, espantando a los coyotes que huyeron despavoridos. Depositó suavemente en el suelo el cuerpo sin vida de Joaquín y corrió hacia la orilla del precipicio. Descubrió al fondo de la barranca bajo los rayos de luz de luna dos cuerpos sin vida: el de José Manuel y el de Ramiro, que representaban dos mundos tan distintos aun después de muertos; la luz y las sombras, lo blanco y lo negro. De pronto y sin previo aviso, una tenue llovizna empezó a caer dándole al momento un aspecto de paz y tranquilidad. Las gotas de agua se confundían con lágrimas en el curtido rostro de don Antonio, dando muestras de la impotencia que sentía y del dolor que lo embargaba. Así daba por terminada una noche que sería recordada por muchos años por los moradores de esta región, como *La noche del nahual*.

EL JUEGO DEL TAROT

CAPÍTULO I

José Antonio Sanz era un joven de apariencia normal y tranquila que desde niño se había distinguido por su amor al prójimo, siempre ayudando al más necesitado. Su nobleza y gran corazón le habían creado una fama de ser altruista y generoso, puesto que siempre buscaba el beneficio ajeno antes que el suyo propio. Era un "alma de Dios" la gente solía decir. Quizá esa fue la razón por la que un día, sin pensarlo mucho, decidió dedicarse a la carrera eclesiástica, lo que pareció no sorprender a muchos, ya que todos lo imaginaban haciendo algo semejante. Aunque su decisión decepcionó un poco a su padre, su progenitor imaginaba a su hijo casado y con sus propios hijos. Decepcionada también quedó su novia, que siempre pensó en que terminarían casándose un día. No obstante, la decisión estaba tomada, y a pesar de los intentos de su padre y de su novia por hacerle desistir, sus esfuerzos fueron en vano.

San Sebastián, su pueblo natal, era un pequeño poblado donde todo lo que pasaba era del dominio popular. La noticia del nuevo camino que el joven iba a tomar se esparció como reguero de pólvora. Por tanto, cuando José Antonio pasaba por las calles no faltaba alguien que le deseara suerte en su próxima misión. Algunos otros, especialmente los más cercanos a su edad, buscaban encontrar una explicación al porqué de tan súbita decisión, sin saber que, dentro de su alma, su resolución no había sido tan repentina como muchos suponían. La suya era una idea que había madurado con el tiempo y la hora había llegado; este era el momento preciso de hacer todo como un día lo había imaginado. Recibió la bendición de su madre, familiares y vecinos y finalmente llegó el apoyo que tanto esperaba de su padre, después de que José Antonio le diera una extensa explicación. Al fin de cuentas su progenitor era una persona religiosa y terminó aceptando la idea de ver convertido a su hijo en sacerdote. Su novia decidió no despedirse de él, ya que se encontraba muy dolida, y le disgustaba la idea de que la gente pudiera decir que por su causa él quisiera abrazar la vocación del sacerdocio. Así que llegado el momento, el joven hizo su equipaje y se marchó con rumbo a la ciudad, donde habría de internarse en el seminario para así iniciar los estudios que lo llevarían un día a convertirse en sacerdote.

Después de varios años de estudio y sacrificio, José Antonio había terminado la carrera y se había convertido ya en clérigo. A pesar de su juventud, ya que sólo contaba con veinticinco años, era querido y respetado por los feligreses que integraban esa parroquia. Su optimismo y buen humor contagiaba hasta al más triste y desesperado, y por ese motivo los domingos cuando él oficiaba la ceremonia, la iglesia se llenaba. A pesar de que algunos de los sacerdotes más viejos no veían con muy buenos ojos sus procedimientos al momento de predicar el Evangelio, guardaban silencio ya que sabían que el joven sacerdote contaba con la aprobación del señor obispo, quien ya tenía conocimiento que día a día los asistentes a la parroquia iban en aumento debido a la manera alegre y jovial con la que José Antonio predicaba. Él, a sabiendas de esto, se repetía en sus adentros una expresión que le escuchaba frecuentemente a su padre: "Estando bien con Dios, que chinguen a su madre los angelitos", y aunque esto le sonaba a blasfemia, era por demás decirlo divertido escucharlo en labios de su padre. Nunca faltaba alguien que llegara a buscarlo para pedirle un consejo o expresarle algún temor, o muchas otras veces lo buscaban para darle gracias por el hecho de haberles escuchado en algunas horas negras. Era por demás decirlo popular entre sus feligreses, y esto lo llenaba de satisfacción, el saber que era útil a la sociedad de la cual él era un miembro activo.

Villa Valladolid era una ciudad en expansión, ya que había dejado atrás el mote de pueblo para obtener el estatus de ciudad, pero sin tener la problemática social que tienen las grandes ciudades, ya que aún no llegaban los desaguisados que traen la sobrepoblación tales como contaminación, trafico excesivo, desempleo e indigencia. En esta ciudad aún se respiraba con tranquilidad y la vida no tenía ese rápido ajetreo de las grandes ciudades, pero se contaba con todas las amenidades que cualquier otra metrópoli pudiera ofrecer. La vida de José Antonio era por demás decirlo sencilla y sin complicaciones. Después de hacer las tareas relacionadas con la iglesia por las tardes salía a correr para hacer un poco de ejercicio, lo cual complementaba en su cuarto ya que ahí tenía ciertos aparatos con los cuales mantenía su cuerpo sano y ágil. De la misma manera eso le ayudaba a mantener su mente libre de preocupaciones. Por las noches le gustaba practicar con su guitarra, con la cual era capaz de crear bien elaboradas canciones. Era por así decirlo "una cajita llena de sorpresas", y él disfrutaba vivir la vida que vivía. Se podría decir que estaba muy lejos de ser víctima de los deseos de la ambición y la avaricia. Quizás su único interés en la vida era servir a Dios y a sus prójimos sin esperar recibir nada a cambio, y esto lo hacía un ser excepcional. Uno de sus pasatiempos era coleccionar antigüedades, desde libros, estampillas postales, monedas y rarezas. Tenía una vitrina casi llena de curiosidades que en sus salidas a los bazares había encontrado, ya que cada sábado por la mañana salía y recorría los diferentes bazares que se establecían por la ciudad. Tenía buen ojo para encontrar objetos de intrínseco valor.

Ese sábado, después de tomar su desayuno y colgarse su mochila al hombro, José Antonio salió en su bicicleta en busca de encontrar algo de coleccionable valor. Después de recorrer diferentes lugares parecía que no tendría la suerte de su lado, y ya casi a punto de regresar a su cuarto sin haber encontrado nada decidió pasar por un último lugar. La dueña del negocio era una mujer de mediana edad de aspecto gitano y con cierto acento que no dejaba traslucir su procedencia. Ella le preguntó: —¿Qué es lo que buscáis? A lo que José Antonio respondió: —Nada en particular, simplemente si veo algo que me interesa es lo que compro. Dicho esto siguió recorriendo el sitio sin dejar de sentir la penetrante mirada de la mujer, que lo seguía a cada paso que daba. En eso algo llamó su atención: una caja de madera decorada con altorrelieves de apariencia arabesca. Tomándola entre sus manos, de inmediato sintió una especie de conexión, al tiempo que cierto escalofrío le recorrió la espalda. Al mismo tiempo sentía una fuerte atracción por el objeto que no lograba definir. Sin saber lo que contenía en su interior preguntó a la gitana: —¿Cuánto cuesta esta cajita, y para qué es? La mujer lo mira cuidadosamente, y sus ojos parecían penetrarle hasta lo más profundo de su alma. Sin contestar tomó la caja de madera y después de un largo silencio dijo con ese indefinido acento: —¿Queréis comprar el futuro? —No —contestó él— me interesa esta caja por su diseño y por todos los detalles que le han puesto en su elaboración. Sabiendo de antemano que los gitanos usan cualquier truco para vender lo que pueden, se imaginó que la mujer trataba de ponerle un alto precio al saber del interés que él había demostrado por la caja. Sin embargo ella, sin apartar los ojos de sus ojos, dijo: —Hemos perdido la llave y sin llave no la podemos vender, pues no va a ser posible que la puedas abrir y no sabrás lo que hay dentro de ella. José Antonio, un tanto decepcionado y resignado, encogió los hombros como dándole a entender que lo entendía. Después de dar las gracias dio media vuelta y se dispuso a marcharse. Ya casi en el umbral de la puerta la mujer lo llamó: —Esperad, si de verdad la queréis a sabiendas de que no tiene llave te la puedes llevar por mil pesos, pero no se aceptan devoluciones; una vez que te la llevéis, esta caja se quedará contigo y no penséis siquiera en regresarla. Sin atreverse a contestar, el joven echó mano a su cartera y con mano temblorosa por la emoción le dio los mil pesos. Con una sonrisa le dio las gracias a la gitana, a lo cual ella le respondió dándole un toque de misterio: —No me agradezcáis a mí, agradecedle o no al destino; él es el que te ha puesto justo aquí en este preciso momento. Al decir esto sus ojos adquirieron un enigmático brillo que le erizó un poco la piel. Tratando de no darle la mayor importancia a tal comentario, el sacerdote tomó la caja entre sus manos y después de examinarla un poco la guardó en su mochila. Una vez más agradeció y empezó a retirase. Por su parte, la mujer volvió a decir: —Agradecedle o no al destino. Mientras se alejó no logró evitar sentir en su espalda la penetrante mirada de la mujer, y en su mente las palabras de la gitana seguían resonando: "Agradecedle o no al destino, agradecedle o no al destino..." Después de pasear un rato por el centro de la ciudad decidió volver a su casa, y para ese momento ya casi había olvidado la rara y enigmática presencia de la gitana. En el lugar donde vivía las habitaciones se encontraban en la parte alta del edificio, y la planta baja servía de oficinas, centro de reuniones y salones de clases en donde se enseñaba por las tardes el catecismo para preparar a los niños para su Primera Comunión. Una vez llegando a su habitación colgó su bicicleta en un par de ganchos que tenía en la pared, posó su mochila en la silla y procedió a sacar la caja de madera. Era de verdad una belleza tanto detalle que tenía en cada uno de sus lados, y la había conseguido con tan solo mil pesos; no cabía duda que ese sido su día de suerte. Con la caja entre sus manos abrió la puerta y salió de su habitación para poder examinarla con más detalle bajo la luz del sol. Minuciosamente iba descubriendo en aquella caja infinidad de pequeños detalles que tal vez por la obscuridad de su cuarto no era fácil de apreciar. Recorrió lentamente su mirada por cada uno de sus lados, descubriendo al fondo de la caja una ranura como si se tratara de una alcancía, lo cual carecía de sentido ya que se localizaba en el fondo. De repente sintió un fuerte dolor en uno de sus dedos de la mano derecha e instintivamente soltó la caja, la cual cayó rodando por las escaleras hasta la planta baja. Inmediatamente corrió hacia abajo, temiendo que le hubiera pasado lo peor a su preciado tesoro, pero no, parecía estar en buen estado. Tras regresar a su habitación descubrió que su sangre había corrido en un hilillo hasta meterse por la cerradura hacia el interior de la caja. Tomando un pedazo de papel limpió la sangre de su dedo, así como la superficie del objeto. Fue entonces que observó un pequeño clavo en una esquina de la caja, que es lo que había picado su dedo. Lo extraño de todo era que no lo había advertido anteriormente. Con un pequeño martillo procedió a golpearlo suavemente tratando de meterlo, y cuando finalmente logró hacerlo se escuchó un sonido como si se abriera una cerradura. Y, efectivamente, la cerradura estaba abierta. Cuidadosamente abrió la tapadera de la caja y lo primero que descubre es un viejo papel doblado, y al levantarlo descubrió que se trataba de unas instrucciones para una especie de juego. Al mirar el papel notó que este parecía más bien un pedazo de piel. Las indicaciones eran muy sencillas: una vez abierta la caja se iniciaba un juego que consistía en agitarla una vez al mes, y con ello se activaría un mecanismo que dejaría caer una carta por la ranura al fondo de la caja. La carta que saliera por la ranura debería ser quemada y con ello se sellaba el destino. ¿Qué significaba todo esto?, se preguntaba José Antonio, pero por más que trataba de entender no encontraba sentido en todo esto. Al final de las instrucciones encontró una gota de su propia sangre la cual trató de limpiar con su dedo pulgar, pero solo consiguió hacer una mancha en el viejo papel, tal como si se tratara de su huella dactilar. Mojando un pedazo de papel trató de remover la sangre, pero ya había penetrado en el papel, y por más que trató no logró borrar su huella digital. En eso escuchó el sonido mecánico de un engranaje y fijó su atención en el interior de la caja, donde una especie de rueda empezaba a girar. Dicha rueda contenía unas cartas, cartas del tarot que giraban en círculo cada vez que la rueda torneaba. Al ver esto, como buen católico, cerró la caja y decidió no volver a tocarla, ya que él sabía que el tarot no era un juego propio de ningún buen cristiano, y procedió a guardarla en la vitrina con las demás antigüedades. Sin advertirlo, una carta había sido arrojada, cayendo en la mesita donde había estado puesta la caja anteriormente. Un poco confundido por lo sucedido salió con rumbo de la capilla en donde se hincó frente a un gran crucifijo, y ahí permaneció por un largo rato. Ya con la mente más despejada salió de la capilla, caminó alrededor de una cuadra, y poco a poco la calma y tranquilidad volvieron a su cuerpo, pensando que todo lo ocurrido había sido una mera coincidencia.

Más tarde cuando regresó a su cuarto se dio un baño rápidamente y se preparó para celebrar el rito de la sagrada confesión, que como cada sábado él era el encargado de llevar a cabo. Generalmente las personas que se confesaban tenían pecados menores; ninguna vez se había el encontrado con algún caso que representara la maldad humana, pero ignoraba que todo estaba a punto de cambiar esa noche. La fila de feligreses que venían a confesar sus pecados poco a poco fue haciéndose menos, y después de recomendar rezar Padres Nuestros y Aves Marías, y con la promesa de no volver a caer en las garras de la tentación, uno a uno fueron desfilando por el confesionario a la vez. El joven padre pronunciaba, "Yo te absuelvo de tus pecados" o "arrepiéntete de tus pecados" indistintamente. José Antonio no pudo evitar observar a una joven que aparentemente quería ser la última en dar su confesión, ya que cada vez que era la próxima ante el confesionario cedía su lugar y se movía hasta el final de la fila, hasta que finalmente no hubo nadie más; su turno había llegado. Se dejaba entrever su nerviosismo al frotarse las manos y voltear en todas direcciones, como si temiera encontrarse con alguien o estuviera a punto de arrepentirse de estar en ese sagrado lugar.

CAPÍTULO II

El nombre de aquella mujer era Eva, y al mirar que finalmente no había nadie más detrás de ella, llegó y se posó de rodillas en el confesionario y con entrecortada y temblorosa voz, casi en un susurro, dijo.

—Acúseme padre que he pecado.

José Antonio responde con voz apacible y amigable, tratando de infundirle confianza y tranquilidad.

—Habla hija, te escucho, y no sientas temor que tu confesión no saldrá de los confines de este sagrado recinto; no estoy aquí para juzgarte, sino para darte consuelo y la absolución de eso que te agobia.

Después de varios segundos en silencio y denotando un nerviosismo que trataba en vano de ocultar, se escuchó de nuevo la voz de Eva.

—Padre... he deseado tantas veces que... se muera mi esposo. Le he pedido tanto a Dios que se lo lleve, que despierte una mañana y que él ya no esté más en mi vida y en la vida de mi hijo.

El cura, un tanto anonadado por tan inesperada confesión, no encontró de momento las palabras adecuadas para contestar de manera correcta. Después de unos breves instantes añadió.

—A veces en el fragor de la discusión o en un arranque de coraje pensamos y decimos cosas que de verdad no es lo que sentimos. Tal vez estabas demasiado alterada cuando equivocadamente tu coraje te llevó a pensar algo así, pero de verdad dentro de tu alma y dentro de tu corazón no existe tal deseo.

Eva, ya más segura de sí misma y quizá alentada por la apacible y reconfortante voz de José Antonio, dijo esta vez con más firmeza que nunca.

—No padre, estoy tan segura de lo que le he dicho. Esto no es cosa de un día, es un sentimiento que ha ido creciendo por varios años y cada día va más en aumento. Hay veces que yo misma he pensado clavarle un puñal mientras duerme, pero me detiene el hecho de pensar que mi hijo quedaría solo en la vida. Eso ha sido lo único que mantiene a mi esposo con vida.

José Antonio pudo darse cuenta de la exaltación en la voz de Eva, que dejaba traslucir en cada palabra un inmenso odio. Tratando de averiguar el motivo de ese encarnizado sentimiento hacia su esposo, con pausada voz le preguntó.

—¿Qué ha hecho tu esposo para que tú le odies de semejante manera? ¿Qué ha cambiado desde el día en que se casaron? Debe de haber algo que te ha hecho cambiar tus sentimientos hacia él.

—Nada ha cambiado, lo odio desde el primer día en que lo conocí, y si me casé con él fue para saldar una deuda que mi padre tenía. Llegué a pensar que algún día lo llegaría a querer o al menos sentir un poco de respeto por él, pero nada, cada día que pasa siento más rencor hacia su persona. Soy un objeto en la casa, no puedo opinar, y no puedo dejarlo porque me tiene amenazada; me dice que me quitara el niño si intento marcharme. Vivo con temor de que un día me desaparezca, ya que sé de sus negocios y de sus vínculos con el crimen organizado. Por las noches cuando llega bajo los efectos de la droga o borracho me golpea, como si esto le produjera placer, ya que esto lo excita, y él cree que yo responderé de la misma manera y la verdad solo me causa asco.

Perplejo y confundido por semejante confesión, el sacerdote rebuscó en su mente palabras que le hicieran sentir mejor, pero por más que trataba sólo encontraba palabras vacías y carentes de valor. Su posición de confesor lo obligaba a decirle que este tipo de pensamientos no son buenos, y que debía de arrepentirse de sentir algo así, pero su posición de hombre, por el otro lado, le daba toda la razón, creando una extraña confusión en su interior.

—Hija, yo entiendo tu frustración y dolor, y comprendo tu deseo de venganza. Cualquiera en tu lugar tendría los mismos pensamientos que tú. Sin embargo, debes de seguir pensando en tu hijo y en el resto de tu familia, ya que tú sabes de lo que este sujeto es capaz. Lo único que puedo hacer por el momento es pedirle a Dios por ti. Ten confianza de que las cosas van a cambiar, dentro de mí yo tengo ese presentimiento, hay algo que me dice que todo va a cambiar, algo me dice que todo va a estar bien. Ve y pídele a Dios por ti y tu hijo, que estoy seguro que muy pronto habrá cambios en tu vida. Con su mano hizo la señal de la cruz. —Anda con Dios hija —concluyó.

Esta era la primera vez que alguien que pasaba por su confesionario no recibía el consabido, "Ve y arrepiéntete de tus pecados" o el "Yo te absuelvo de tus pecados". Sería por el hecho de que ella estaba respondiendo como un animal acorralado ante la agresión de la que era sujeta, y no veía pecado alguno en defenderse y defender a su familia. Olvidándose por completo de aquel pasaje bíblico que rezaba, "Cuando alguien te golpee una mejilla ofrece la otra", y para aceptar como más válida aquella que dice, "Diente por diente y ojo por ojo". Muy pensativo miró alejarse la joven madre, hundido en mar de dudas y confusiones e imposibilitado en ese momento de distinguir entre el bien y el mal. Sentía pánico, una especie de zozobra germinando en el fondo de su alma ¿Qué estaba pasando? ¿Por qué ese ataque de dudas a su fe que él creía nunca llegaría a sentirlas? Como aquella muchacha había sido la última en pasar a confesión, la iglesia se había quedado sola. José Antonio se dirigió hacia el altar y postrado de hinojos pidió con todas las fuerzas de su corazón: "No me abandones Señor, enséñame el camino correcto y aleja las dudas que se me están presentando, ilumina mi camino con tu gracia y tu amor, ayúdame por favor". Sus palabras estaban llenas de angustia y temor; esta era la primera vez que algo semejante le ocurría, y la duda le calcinaba dentro de su pecho, y sentía que le costaba casi respirar.

Después de un buen rato emprendió su regreso a casa ya un poco más tranquilo, como quien tiene la confianza en que todo va a ir bien. Llegando a su cuarto lo primero que descubrió sobre la mesita donde anteriormente había puesto la caja fue una carta del tarot; eran tres espadas. Sin saber absolutamente el significado de tal carta y sorprendido por tal hallazgo, se preguntaba cómo había llegado ahí esa carta. De inmediato empezó a recordar las instrucciones en el pedazo de papel que se encontraba en el interior de la caja, y al parecer, al caer esta por las escaleras, había activado el mecanismo que iniciaba el misterioso juego. Esa había sido con seguridad la manera que la carta había aparecido sobre su mesita, pero, él no podía entablar ese tipo de juegos, ya que era muy creyente de su religión, y además pastor espiritual de muchos feligreses. Mas ¿qué podía hacer, cómo desechar ese juego que comenzaba a atormentarlo? Bastante acongojado encendió una vela a un crucifijo, y enseguida tomó un rosario. Postrándose de rodillas empezó a rezar fervientemente, y tan concentrado estaba en su rezo que no advirtió cuando una ráfaga de viento se coló por la ventana, tirando la carta de la mesita. Como movida por hilos ocultos pasó por encima de la vela, y una de sus esquinas agarró fuego, encendiéndose de inmediato como si se tratara de algún objeto altamente combustible. José Antonio hundido en sus oraciones no se percató de lo ocurrido, y siguió rezando hasta que cayó dormido ahí mismo, postrado de rodillas, y no despertó hasta ya muy avanzada la noche.

Se levantó un tanto entumido por haber permanecido tanto tiempo en la misma posición. El cuarto estaba en penumbras ya que la vela se había consumido por completo. Caminando a tientas en la oscuridad llegó hasta su cama y se tiró en ella sin quitarse la ropa. Se sentía exhausto por los eventos del día.

Su alarma lo despertó la mañana siguiente. Tenía que prepararse para la misa de siete, así que se levantó, pero de pronto recordó la carta en la mesita de centro. Inmediatamente se dirigió hacia ese lugar, y para su sorpresa la carta había desaparecido. Buscó bajo los sillones, bajo la cama y en cada rincón de su cuarto. Parecía que la carta se había desvanecido en el aire, ya que por más que buscó esta no apareció por ningún lugar. Primero sintió una especie de preocupación ¿Qué tal si alguien la encontró? ¿Y si así fue, quién? No había nadie que tuviera la llave de su cuarto y la puerta estaba cerrada por dentro, entonces se le vino a la mente que tal vez una ráfaga de aire la había volado fuera de su cuarto. De inmediato salió a toda prisa y buscó alrededor, sin encontrar rastro alguno de la carta. Justo en ese momento las campanadas de la iglesia le anunciaron que en breve daría inicio la santa misa. Sin perder un minuto más corrió escaleras arriba y rápidamente se dio un baño, y se alistó para presidir la ceremonia. En este momento ya se sentía más recuperado y la angustia había dado paso a un gran alivio. Su sermón fue dedicado a esos grandes milagros que ocurren en la vida, y de cierta manera pensaba que la desaparición de la carta no era otra cosa más que un milagro que Dios le había enviado ¿Qué otra explicación le podría dar? Después de terminada la misa se retiró a las oficinas de la iglesia donde los clérigos se reunían cada domingo para discutir los pormenores de la semana que se venía encima. José Antonio parecía un tanto alejado y pensativo, muy diferente a lo que él normalmente era, y no faltó alguno que hiciera alguna broma. "¿Se te vinieron los años encima?" "¿Te fuiste de parranda anoche?" "¿Amaneciste crudo?" El señor cura encargado de la parroquia, un tanto preocupado y para detener las bromas, le preguntó seriamente: —¿Te sientes bien muchacho?

—Sí, estoy bien, sólo un poco cansado o tal vez es que me va dar la gripa. Debe ser el cambio de clima o a lo mejor es todo eso junto, pero no creo que le debamos de dar demasiada importancia, ya verá como mañana me siento mejor. El padre volvió a insistir.

—Mira, ve y descansa, y si por algún motivo no te sientes con ánimo de hacer nada mañana, toma el día libre y descansa para que te recuperes prontamente.

Más a regañadientes que nada, José Antonio decidió retirarse a sus habitaciones. Una vez ahí vuelve a recorrer con la mirada deseando no encontrarse con la carta que había desaparecido la noche anterior, y para su alivio no la encontró por ningún lugar. Después de asearse un poco y rezar una oración se dispuso a dormir. Una vez estando en el más profundo de los sueños, se le aparecía la imagen de la gitana que le repetía una y otra vez, "Agradecedle o no al destino", y en su sueño ella sostenía en una de sus manos una carta del tarot, la carta con tres espadas. Fue una noche tan larga y tan agitada que por la mañana no tuvo más remedio que permanecer en cama sin la fuerza ni la voluntad de levantarse ni hacer nada que no fuera permanecer acostado tratando de no pensar o ni siquiera voltear a ver la caja que contenía el juego del tarot. El resto de la semana transcurrió de lo más normal. José Antonio se había olvidado casi por completo del incidente que había ocurrido el fin de semana anterior. Era sábado de nuevo y todo parecía haber vuelto a la normalidad. Una vez más se encontraba en el confesionario absolviendo a sus feligreses de sus pecados, y cuando la fila estaba a punto de terminarse, descubrió al final de la misma una vez más a Eva. Al parecer la mujer lucía un poco más tranquila que la vez anterior. Pensó que tal vez las cosas habían mejorado entre ella y su marido. Al llegar el turno de confesarse, ella se hincó de nuevo y empieza por decir.

—Padre, tengo algo que decirle, más bien tengo algo que mostrarle.

Acto seguido ella introdujo por la cortina del confesionario un periódico doblado. José Antonio pudo darse cuenta que se trataba de diario local, y al levantar la vista descubrió a Eva caminando a toda prisa por el pasillo principal de la parroquia rumbo a la salida. José Antonio salió apresuradamente de su cubículo tratando de darle alcance, pero ya era demasiado tarde; ella había salido de la iglesia. Pensativo y sorprendido con el periódico en la mano decidió regresar a su casa. En el trayecto con rumbo a sus habitaciones la curiosidad lo mataba. ¿Qué es lo que la joven mujer trataba de enseñarle? ¿Por qué tanto misterio? Haciendo una y mil conjeturas llegó finalmente a su cuarto, abrió el periódico y el encabezado principal leía: «Ajuste de cuentas». Esta frase estaba subrayada, pero no le parecía relevante, así que siguió buscando entre las demás paginas tratando de encontrar algo que tuviera sentido, pero nada, no encontraba algo que conectara a Eva con el diario que ella le había dejado. Volviendo al encabezado principal, decidió leer toda la noticia: «El miércoles por la noche a las afueras del bar denominado "El tres de espadas", se encontró el cadáver de un hombre, al parecer ejecutado en un ajuste de cuentas entre distribuidores de estupefacientes. La víctima de cuarenta y cinco años de edad respondía en vida al nombre de Martín Orellana». En ese momento José Antonio empezó a atar cabos; ese era el mismo apellido del esposo de la joven mujer que le había dejado el periódico. Sin poder evitarlo, un ligero temblor se apoderó de sus manos, lo cual lo obligó a dejar de leer por un momento. Después prosiguió la lectura: «Después de una llamada anónima la policía acudió a tal lugar donde se encontraron la macabra escena de un hombre atravesado por tres espadas, las cuales se hallaban ubicadas en la parte alta de un cancel en las afueras del bar. Dicho cancel tenía tres metros de altura y en la parte alta del mismo estaban las tres espadas a manera de decoración, ya que de ahí tomaba su nombre el bar. Aún se desconocen los motivos de dicho crimen pero este presenta todas las características de una especie de venganza entre bandas rivales. Aún no se conoce la identidad de los agresores, pero la policía tiene la plena confianza de que pronto darán con los responsables de este horrendo crimen», puntualizó la noticia. Con la boca seca José Antonio no daba crédito a lo que sus ojos acababan de leer. Ahora descubría el significado de la carta del tarot que había sido arrojada del interior de la caja, y se daba cuenta que él había sido utilizado como instrumento de justicia. En este momento deducía el verdadero propósito que encerraba el diabólico juego, que sin querer él mismo había empezado. Miles de ideas cruzaban por su mente ¿Por qué le tenía que pasar esto a él? ¿Era acaso una prueba que Dios le ponía en su camino para medir la fuerza de su fe? ¿O sería tal vez el mismo demonio que buscaba ganar su alma? Por un momento llegó a pensar que si se deshacía de la misteriosa caja todo volvería a la normalidad, pero en ese momento recordó las palabras de la gitana: "No se aceptan devoluciones; una vez que te la llevéis esta caja se quedará contigo, y no penséis siquiera en regresarla". A pesar de lo preocupado que estaba, curiosamente no sentía remordimientos o malestar alguno por el hecho de haber sido utilizado como instrumento de venganza. En cierta forma se sentía liberado, como si un gran peso se le hubiera quitado de encima. De cualquier manera esta situación no debería de repetirse, ya que ponía en riesgo su fe cristiana y su futuro como sacerdote. Un poco más tranquilo y una vez que la tormenta interior había amainado, decidió devolver la caja a la gitana. Metió la caja en su mochila, subió a su bicicleta, y a pesar de ser poco tarde tenía la certeza de que encontraría a la enigmática mujer. También estaba seguro de que ella aceptaría de regreso la misteriosa caja. Mientras pedaleaba su bicicleta con destino de la localidad de los bazares empezó a repasar cada uno de los eventos ocurridos en las dos últimas semanas, y se repetía a sí mismo, "Todo esto debe de ser una coincidencia y nada más, es la única explicación que le puedo dar. La muerte del esposo de Eva ha sido una verdadera tragedia y coincido con las autoridades, debe de ser un ajuste de cuentas entre maleantes, nada que ver con esta caja, pero, es preferible que la devuelva". Así, sumido en sus pensamientos, llegó a donde se establecían los puestos de bazar. Algunos de ellos ya empezaban a cerrar, pero afortunadamente para él se encontraba abierto el que él buscaba. Con paso firme se dirigió hacia el interior de la tienda. A pesar de aparentar serenidad su corazón palpitaba de manera acelerada, y sus manos se encontraban mojadas de sudor. Se dirigió al mostrador en espera de que alguien saliera a atenderlo, pero al parecer no había nadie en el local. Aclarando su garganta llama con fuerte voz: —Buenas noches, ¿hay alguien aquí? —pero nadie contestó su llamado. Impacientemente paseó su mirada por todo el lugar, pero al parecer no había nadie ahí. Después vio un timbre al final del mostrador, y de manera un tanto brusca lo golpeó tres veces, hizo una pausa, y cuando estaba a punto de golpearlo una vez más, se escuchó una voz en la trastienda.

—Ya voy, ya voy, qué insistencia. Detrás de la cortina apareció un viejecito con paso muy cansado y con un marcado mal humor.

Con palabras ininteligibles dejaba entrever su mal carácter.

—¿En qué le puedo ayudar joven? —preguntó el anciano con tono enfadado mientras que simulaba una sonrisa como gesto de cortesía, que distaba mucho de sentir.

José Antonio buscaba con la mirada en dirección por donde había salido el señor, tratando de descubrir si alguien más saldría por detrás de la cortina, pero no, nadie más salió de la parte trasera de la tienda. Al volver su mirada a la cara del anciano, este lo mira con mirada inquisidora y le vuelve a preguntar.

—¿Entonces?

José Antonio, un tanto abochornado bajo la penetrante mirada del anciano— finalmente se atreve a balbucear.

—¿Se encuentra la dueña?

El anciano más molesto aún y tratando de contener la irritación que sentía le responde con otra pregunta.

—¿Para qué quiere hablar con mi esposa?

José Antonio, más sorprendido, aún no imaginaba al anciano casado con la gitana, ya que existía entre ambos una estratosférica diferencia de edades. El señor rondaba cerca de los ochenta años de edad mientras la mujer gitana tendría cuando más unos treinta y cinco.

—Lo que pasa es que compre un artefacto en este lugar hace dos semanas, y la verdad es que deseo regresarlo. Al ver la intriga en la cara del anciano, añadió sin darle tiempo a contestar. —Yo sé que no se aceptan devoluciones, pero en este caso no busco un reembolso, sólo deseo regresarlo sin esperar que me regrese el dinero que pague por él.

El señor hizo una seña con la mano indicándole que le mostrara dicho artefacto. José Antonio puso su mochila en el mostrador y extrajo de ella la caja. El anciano la tomó entre sus manos y la examinó cuidadosamente, tomando en cuenta cada detalle como lo hacen aquellos que saben apreciar una obra de arte. Después de largos minutos de contemplación preguntó.

—Es una belleza, ¿tienes la llave?

—No señor, cuando la compré no tenía llave —José Antonio respondió inmediatamente. —Pensamos que no sería posible abrirla y que tendría que romper la chapa, por esa misma razón fue que me la dieron a muy bajo precio, pero descubrí que no hace falta la llave para abrirla ya que la caja está abierta.

El señor, después de un largo rato de observar la caja, volvió su atención a José Antonio y añadió.

—No recuerdo haber tenido esta caja en mi propiedad, ni recuerdo haberte visto por aquí, y te puedo decir también que a pesar de mi edad tengo muy buena memoria y tu cara no se me hace conocida. ¿Cuánto dices que hace que la compraste?

José Antonio, ya más seguro de sí mismo, respondió con clara voz.

—Hace dos semanas exactamente, un sábado por la mañana, pero en lugar de usted se encontraba una joven mujer de aspecto gitano; ella fue la que me la vendió.

El anciano lo miró como si tratara de hacer memoria.

—¿Hace dos semanas? Lamento decirte esto, pero no fue aquí donde la compraste, ya que hace dos semanas mi esposa estuvo enferma en el hospital y no abrimos este local. Hoy es el primer día que reabrimos después de haber estado cerrado por cerca de un mes.

Sintiendo ser víctima de un mal chiste, José Antonio volvió a insistir con la esperanza de que esta vez el anciano le confesara que todo era producto de una mala broma.

—¿Y nadie más tiene las llaves de su tienda? ¿Alguien más que se haga cargo de su negocio mientras usted está ausente?

Después de un hondo suspiro, el anciano respondió con una sonrisa y con un dejo de melancolía.

—Nadie muchacho, mi esposa y yo no tenemos a nadie más, y yo no tengo dinero para pagar a ningún empleado, así es que el local ha permanecido cerrado todo este tiempo. Yo pienso que te equivocaste de lugar, debe de haber algún otro local que se parezca a este y por eso te confundiste. Piénsale bien ya verás cómo recuerdas exactamente dónde fue que la compraste.

Rascándose la cabeza y confundido, José Antonio miró una vez más a su alrededor; todo estaba como él lo había visto dos semanas atrás. Este era sin lugar a dudas el mismo lugar, esta era la misma tienda, con la excepción de que no estaba la gitana detrás del mostrador. El anciano que se encontraba enfrente de él parecía ser una buena persona, incapaz de prestarse a una broma de tal magnitud entonces, ¿qué estaba pasando, por qué todo este enredo? Con más preguntas que respuestas dio unos cuantos pasos por la tienda, bajo la mirada atenta del anciano, que al parecer se encontraba tan confundido como el joven sacerdote. Luego de un largo rato de silencio, José Antonio preguntó.

—¿Qué tal si se la dejo y usted la trata de vender?

En su voz se notaba una súplica que encerraba la esperanza de poder deshacerse de ese maléfico artefacto. Miraba al anciano mientras extendía la caja entre sus manos, el cual, confundido, no acertaba a qué contestar, ya que no entendía tal proposición, finalmente se atrevió a preguntar.

—¿Me la regalas? Pero me acabas de decir que no tienes la llave, ¿de qué me serviría? Nunca la podría vender así.

El joven, apresurándose a responder, trató de convencerlo de que se quedara con la caja, mientras las palabras le salían de su garganta en un hilillo de voz— casi imperceptible al oído humano. Carraspeando aclaró su garganta e intentó de nuevo repetir lo dicho anteriormente.

—¿Pensé que le gustaba la caja? Si así fuera, no tendría que venderla, simplemente forzaría la chapa y la dejaría para usted mismo.

El anciano lo miró de manera inquisitoria, tratando de adivinar cuáles eran las intenciones de este joven muchacho. —¿Qué interés tenía en deshacerse de esta caja? Mirándolo fijamente a los ojos mientras añadió con firme voz.

—Dime la verdad, ¿por qué tanto interés en que me quede con esta caja? ¿Cuál es el misterio que encierra? ¿Qué te hace buscarle un nuevo dueño? Vamos, cuéntame confía en mí.

José Antonio decidió revelarle todo aquel enredo, o al menos parte de él, y empieza a explicar.

—Yo soy un sacerdote y esta caja encierra un juego del tarot, y como usted debe saber, los juegos del tarot o cualquier juego de azar están prohibidos a cualquier buen cristiano. Desafortunadamente en mi caso, entré en contacto con este juego sin saber de lo que se trataba. Esta es la razón por lo que trato de alejarla de mi vida lo más pronto posible.

En sus palabras se notaba la angustia y el drama que el joven sacerdote vivía en ese momento, y en sus gestos y expresiones dejaba entrever la desesperación por la que pasaba. Al ver la apremiante situación del joven y después de pensarlo por un largo rato, el anciano se propuso ayudarlo.

—Lo voy a ayudar sólo porque me ha parecido una persona honesta y honrada. Además de que yo también soy un buen cristiano y no me gustaría que un representante de Dios pudiera perder su posición ante los hombres. Espero que todo este enredo en el que se encuentra se componga para usted.

Sin poder decir nada por el nudo que sentía en la garganta y con los ojos muy brillantes de la emoción, José Antonio no encontraba las palabras adecuadas para expresar su agradecimiento al gesto del anciano, y sin esperar un minuto más y después de estrechar la mano del anciano, se encaminó hacia la salida. Justo en el umbral de la puerta, se dio media vuelta mientras decía con clara voz.

—Que Dios los acompañe y ayude a usted y su señora, y yo le pediré a Él por ustedes.

Al decir esto hizo la señal de la cruz y se alejó del establecimiento. El anciano lo ve alejarse mientras que en su ajado rostro se dibujaba una extraña sonrisa, mitad compasiva, mitad siniestra, al tiempo que decía entre dientes.

—Mejor que te acompañe a ti, porque tú si lo vas a necesitar, y esas oraciones que vas a decir por mí guárdatelas para cuando se te ponga oscuro el camino...

Una vez en la calle, montado en su bicicleta, José Antonio sentía como si un gran peso se le hubiera quitado de encima. A pesar de ser de noche todo le parecía más iluminado y brillante, y un sentimiento de euforia lo llenaba de pies a cabeza, que si alguien no lo conociera podría decir que se trataba de un joven enamorado. La verdad era tanta la felicidad que sentía que esta misma parecía salírsele por cada poro de su piel. En su camino se detuvo en una nevería y se compró una nieve, la cual comenzó a saborear con enorme gozo, como si se tratara de la primera vez que probara aquel delicioso manjar. Siguió caminando muy despacio empujando la bicicleta y evitando pensar en lo más mínimo, tratando de que sus pensamientos no se atrevieran a cruzar el camino de esto que habían sido sus últimas semanas. Aunque rebosaba de felicidad, su rostro parecía serio y mesurado, y así prosiguió en su caminar hasta llegar a las afueras de su departamento.

CAPÍTULO III

Habían pasado varios días desde su encuentro con el anciano y José Antonio parecía haber encontrado la calma y la paz; todo parecía haber vuelto a la normalidad y ya no recordaba lo que había ocurrido hacía unas cuantas semanas. Curiosamente en ese día se cumplía un mes exactamente de los extraños sucesos acontecidos, los que trataba de olvidar cada día. En ese momento alguien llamó a la puerta con demasiada insistencia, y sin esperar se puso de pie y abrió la puerta. Se trataba de un de los monaguillos de la iglesia, el cual comenzó a decir.

—Padre José Antonio, me manda el señor cura para decirle que tiene un paquete en la oficina.

José Antonio respondió un tanto sorprendido.

—¿Un paquete? ¿Sabes quién lo manda?

El monaguillo simplemente se encogió de hombros y respondió.

—No lo sé, aparentemente llegó esta mañana entre la correspondencia que llegó por correo.

Sin decir nada más el muchacho se alejó tan rápido como había llegado, sin darle la oportunidad a José Antonio de responder o mandar un mensaje de regreso al señor cura. Se apresuró a asearse y ponerse presentable para dirigirse a la oficina. Una vez allí el cura le entregó una caja de cartón mientras decía.

—Recibimos esta caja hoy por la mañana cuando llegó el correo, al parecer viene de la casa de tus padres, trae la dirección de ellos. Me los saludas cuando les contestes.

Un poco intrigado José Antonio asintió con la cabeza, y después de dar las gracias dio media vuelta y se alejó rumbo a su cuarto, tratando de imaginar el contenido que encerraba la caja. Sus padres nunca le enviaban paquetes ni cartas ya que generalmente la comunicación entre ellos era vía telefónica, así que un paquete era en verdad algo nuevo e inesperado. Ya en su cuarto se dispuso a descubrir el contenido de la misteriosa caja justo cuando algo llamó poderosamente su atención. Había una mancha en la cara del crucifijo que colgaba de la pared que no atinaba a descubrir exactamente de qué se trataba. Poniendo la caja de lado se dirigió hacia donde se encontraba la imagen, y con el dedo índice trataba de remover esa mancha oscura que inexplicablemente se encontraba bajo uno de los párpados de la imagen de Jesucristo. Al tocar la mancha descubrió que se trataba de una gota de cierto líquido viscoso. Casi cayó de espaldas cuando descubrió que la gota era de algo muy parecido a la sangre. Espantado buscó un pedazo de papel para limpiar eso que parecía ser sangre. Tras hacerlo cayó de rodillas y empezó a rezar fervientemente, olvidándose por completo del paquete que acababa de recibir. Una inmensa culpa lo embargaba, sentía que las lágrimas de sangre que emanaban del crucifico era una muestra de desapruebo a las acciones que él había llevado a cabo en los últimos días. Lagrimas rodaban por sus mejillas, lágrimas de desesperanza y dolor, de culpa y, por qué no, de rebeldía. Se preguntaba una y otra vez por qué le ocurría a él este castigo. ¿Acaso era una prueba? Él había sido siempre muy apegado a todos los preceptos que la santa iglesia imponía, y nunca le había deseado mal a nadie. Entonces, por qué de repente lo embargaban todas estas dudas. ¿Sería acaso una señal para hacerle saber que su práctica en el catolicismo había sido de manera equivocada? Permaneció así por mucho tiempo postrado ante el crucifijo con la esperanza de encontrar respuesta a esa angustia que le corroía el alma y el corazón, y que al parecer crecía por momentos ensombreciendo el que antes fuera un brillante futuro en la vida del joven sacerdote. Una y mil preguntas flotaban en su cabeza y ni una sola respuesta que aminoraran el dolor y la incertidumbre que lo acosaba. Así pasaron los minutos los cuales le fueron trayendo calma y un poco de alivio al torbellino que se agitaba en su cabeza. Con la mente más despejada y habiendo tomado una decisión, salió con paso seguro de su departamento y se dirigió a las oficinas del sacerdote encargado de la parroquia, quien se encontraba detrás de su escritorio ordenando algunos papeles, que puso de lado al ver entrar a José Antonio.

—Pasa muchacho, ¿en qué te puedo ayudar, se encuentra bien tu familia, les distes mis saludos?

José Antonio empezó a formular preguntas pensando en cómo consultarle y si al hacerlo pudiera equivocarse al exponerle sus dudas. Después de un largo silencio y habiendo sacado valor se decidió a preguntarle.

—¿Se ha preguntado alguna vez si es posible que se haya equivocado en la elección de su carrera, si de verdad está impartiendo la fe tal y cual debiera de ser y no sólo hablar de ella como parte de una agenda? ¿Si está de verdad ayudando al prójimo porque esto le nace en el corazón o solo es por cumplir un requisito en lo que está estipulado en el diario hacer de un sacerdote?

El señor cura lo miró con compasión mientras le sonreía dulcemente, asintiendo con la cabeza, como si supiera lo que ocurría en la mente del joven sacerdote, para después decir con voz serena y pausada.

—A todos nos ha pasado esto más de alguna vez en la vida, y aquel que diga que no simple y sencillamente estaría mintiendo. Yo pienso que cuando tienes una duda de lo que haces eso te ayuda a esforzarte cada día más en hacer las cosas mejor, y es en cierta manera bueno para el desarrollo, no sólo de sacerdotes sino para cualquier ser humano. Las dudas son escollos muy necesarios en el camino de la vida.

Al ver que sus palabras parecían no hacer mella en el semblante del joven sacerdote, el cura, un tanto intrigado, cambió de táctica y lo invitó a contarle lo que le molestaba.

—Cuéntame hijo que es lo que siembra dudas en tu mente, dime ¿qué te molesta, qué es lo que llena tu alma de incertidumbre? Estoy seguro de que si me dices que es lo que te acongoja juntos encontraremos la solución a eso que te causa desasosiego. Si te hace sentir mejor no lo tomes como una confesión, esto es nada más que una plática entre amigos.

José Antonio, aún con un poco de reservas empezó por decir algo que escuetamente tenía relación a eso que lo angustiaba, pero era una manera de evadir un poco ir tan directo al grano.

—Algunas veces me pregunto si de verdad tenemos el poder de borrar el daño hecho a terceros cuando decimos, "Reza tres Aves Marías y yo te absuelvo de tus pecados". Yo siento que Dios no perdonaría de tan fácil manera a criminales y malhechores, y pienso que estamos cubriendo unos graves pecados por el hecho de no poder denunciar a las autoridades delitos que se han cometido, y no creo que con dos o tres rezos se laven las heridas causadas a inocentes.

Había tal excitación en lo que decía José Antonio, tanta vehemencia en cada una de sus palabras, que sus ojos adquirían un brillo inusitado y su frente se perlaba de sudor. Dicha muestra del trance en el que se encontraba en ese momento provocó que el señor cura no tuviera menos que admirar la pasión y el fervor que demostraba el joven sacerdote, ya que él reconocía también que esa misma duda lo había atacado en más de una ocasión. No obstante y para su desgracia, no tenía aún la respuesta correcta para calmar esa angustia que corroía la fe y despertaba dudas en el alma de José Antonio. Exhalando un suspiro, el cura añadió.

—Hijo mío, agradezco la confianza que me has depositado, pero yo no tengo la solución a eso que te agobia. El único que tiene la respuesta a todas estas dudas eres tú; apóyate en tu fe, habla contigo mismo y pon a Dios de testigo. El resultado final será lo que dicte tu destino; no tengas miedo de ser juzgado por tus decisiones, Dios perdona a los que son puros del alma, y si hay algo que es en lo que estoy seguro, es la pureza de tu alma y tu calidad humana. Ahí es donde tú tienes que buscar; yo estoy seguro que al fin de cuentas encontrarás la respuesta que buscas a todas tus interrogantes.

Un tanto sorprendido por el entendimiento del señor cura, ya que obviamente no esperaba esa cálida respuesta y ese grado de compasión por alguien de mayor jerarquía, solo acertó a decir con voz pausada y a todas luces serena.

—Gracias, espero poder encontrar la respuesta a todas estas preguntas. Me ha servido de mucho su comprensión y su entendimiento y, aunque no sé en dónde debo empezar, estoy seguro que de una u otra manera encontraré el camino acertado.

Dicho esto se puso de pie y estrechó la mano del señor cura como muestra de agradecimiento, sin dejar de advertir la mirada de ternura y compasión del noble anciano, el cual dijo antes de que saliera de su oficina el joven sacerdote.

—Estoy seguro que encontrarás eso que buscas; tú has sido siempre una persona muy centrada y de acertadas decisiones a pesar de tu juventud. Muy pronto llegará la luz a tu mente y te indicara qué camino seguir, es solo cuestión de tiempo, y no te olvides que Dios está de tu lado; Él te dará toda la sabiduría para que así tomes la decisión acertada y encuentres el camino correcto al momento de elegir.

Una vez a solas, el señor cura movió de un lado a otro su cabeza mientras suspiraba como si supiera la magnitud del problema que el joven sacerdote enfrentaba en ese momento.

Mientras tanto, José Antonio deambulaba por los jardines de la iglesia, sumido en sus pensamientos, sin encontrar de momento el sosiego que su alma necesitaba, y sin advertir que los ojos del cura lo miraban de manera preocupada. Después de un largo rato de caminar sin rumbo fijo enfiló sus pasos a su habitación, recordando en ese momento el paquete que sus padres le habían enviado. Picado por la curiosidad trataba de imaginar el contenido del envío. Una vez en su cuarto y con navaja en mano se dispuso a remover la cinta adhesiva que cerraba ambas solapas de la caja. Su sorpresa no pudo ser menor cuando descubrió que en el interior de la caja de cartón y en forma de relleno había un buen número de hojas de periódico con la noticia «Ajuste de cuentas». Todo parecía una broma de mal gusto. De momento quedó paralizado por la impresión y con la boca reseca, de tal manera que instintivamente buscó una botella de agua. Aún bajo los efectos de tal impresión se acerca lentamente a la caja de cartón y empieza a remover las hojas del papel periódico, tratando de descubrir el contenido del paquete. En cada hoja se leía lo mismo: «Ajuste de cuentas», «Ajuste de cuentas», una y otra vez. Con una enorme ansiedad tiró los papeles dando la impresión de ser un demente atacado por un acceso de nervios, pero al descubrir el contenido al fondo de la caja de cartón no puede menos que cubrirse la boca y así evitar un alarido de espanto, ya que lo había ahí era nada menos que la macabra... ¡caja del juego del tarot! La que anteriormente le había parecido la cosa más bella, en esos momentos le parecía como si fuera una creación del demonio. Pero, ¿cómo había llegado hasta ahí? ¿Por qué el remitente tenía dirección de sus padres? ¿Qué significaba todo este enredo? ¿Quién podría estar detrás de este macabro juego?

Una y mil interrogantes se agolpaban en su mente, y por más que trataba no encontraba la salida a este laberinto de incógnitas. En medio de la angustia que lo consumía recordó que el paquete traía la dirección de sus padres, por los que inmediatamente marcó el número de sus padres, pero por más que timbraba el teléfono en el otro lado de la línea, nadie parecía estar en casa. Intentó por tres veces más hasta que en medio de la desesperación recordó el número de su hermana, a la cual llamó de inmediato. Después de timbrar dos veces alguien pareció levantar el auricular. José Antonio respiró aliviado al escuchar la voz de su hermana.

—Bueno... María, ¡qué bueno que te encuentro!

Con un sinnúmero de preguntas continuó diciendo.

—He estado tratando de hablar con mamá y papá pero nadie contesta el teléfono. ¿Están bien? ¿Dónde están, salieron del pueblo? ¿Fueron a visitar a las tías en San Lorenzo? Y las tías, ¿están bien? Contesta por favor que me muero de la angustia.

María contestó con voz un tanto serena como preparando a su hermano para una grave noticia.

—Verás... Llevamos a mi papá al hospital hace unas cuantas horas...

Sin dejarla terminar José Antonio interrumpió a su hermana.

—¿Qué le pasa? ¿Está bien? ¿Qué ha dicho el medicó? ¿Se pondrá bien? Y mamá, ¿como esta? Vamos, qué esperas, dime todo lo que sepas, cuéntame por favor.

María contestó entre sollozos.

—Los doctores no entienden qué es lo que le pasa. Ya hoy por la mañana se encontraba perfectamente bien, pero de repente le ha empezado a brotar sangre de los ojos, y no encuentran la manera de detenerle el sangrado, y se está poniendo muy débil.

José Antonio volteó instintivamente en dirección de donde estaba el crucifijo, y descubrió que la imagen tenía lágrimas de sangre en los ojos. En ese momento se dio cuenta de lo que acontecía e inmediatamente comprendió de lo que debía de hacer. Sin pensarlo dos veces había tomado una resolución y tenía que comunicarle a su hermana que todo iba a estar bien, que no se preocupara, que las cosas volverían a la normalidad.

—Mira María, no puedo explicarte cómo, pero papá se va a poner bien, ten confianza en mí. De momento te tengo que dejar ya que hay algo que debo hacer, pero te aseguro que en cosa de minutos él se va a sentir mejor. Vuelve al hospital, ve con ellos y yo los llamaré más tarde.

Una vez habiéndose despedido de su hermana y dando un profundo suspiro, con gesto decidido tomó entre sus manos la caja de madera y, de manera brusca, como si tratara de borrar todo lo que estaba pasando en ese momento— la sacudió violentamente y esperó pacientemente hasta que escuchó en el interior el sonido del engranaje que se había activado. Esperó unos cuantos minutos para luego levantar la caja y descubrir una carta del tarot que descansaba en la mesa: El as de copas.

CAPÍTULO IV

Con mano temblorosa José Antonio recogió la carta sin tener la menor idea del significado de esta, pero con el conocimiento de saber que ahí radicaba la solución a la repentina enfermedad de su padre. Ese discernimiento nacía muy al fondo de sus vísceras y lo impulsaba a llevar a cabo lo que a pesar de su creencia y religión era indebido. Miles de sentimientos se apilaban en su mente, desde el alivio de saber que pronto su padre se sentiría mejor hasta la culpa que le arañaba el alma y le envenenaba la fe. Era una lucha descomunal esa que el joven sacerdote libraba en su interior, sin embargo sentía que no podría arriesgar perder a su padre, y eso inclinaba un poco la balanza en favor de su familia. Ensimismado en sus pensamientos casi olvidaba un muy importante detalle: quemar la carta para así continuar con el macabro juego. Casi trompicándose avanzó hasta donde tenía una caja con cerillos y, con la frente perlada en sudor y la boca seca, raspó el fósforo contra la superficie del lado de la caja. Tanta era su agitación que se le dificultaba sobremanera tan sencilla tarea, pero finalmente consiguió su objetivo. De inmediato procedió a encender la carta del tarot la cual, una vez encendida, proyectaba sombras en la pared, mismas que bosquejaban dantescas figuras que parecían bailar ritmos paganos. La cara de José Manuel adquirió cierto aspecto macabro y diabólico bajo el reflejo de la luz de la carta encendida cuando ensimismado contemplaba la danza de las sombras. El sonido del timbre del teléfono lo sacó del profundo trance en el que se encontraba, y tirando al suelo lo que aún quedaba de la carta saltó para tomar el auricular.

—Bueno, ¿quién habla?

Del otro lado de la línea no se escuchó nada por un momento, solo estática, pero luego se oyó la voz de su hermana María.

—Papá se ha puesto bien, tal como si fuera un milagro; el sangrado paró y ya se encuentra caminando.

Sin dejar que José Antonio pudiera responder María continúa con su relato.

—Incluso bromean diciendo que alguien allá arriba les dio una mano porque están sorprendidos por tal súbita recuperación.

Después de una breve pausa finalmente José Antonio puede pronunciar palabras.

—Y mamá, ¿cómo está, cómo se encuentra después de todo esto, están todos bien?

En cada una de sus palabras se denotaba una velada angustia ya que sabía que esto no pararía ahí. Después de conversar con su hermana por unos treinta minutos, y prometiendo llamar al día siguiente— terminó la llamada y se tiró en la cama. Sentía un cansancio incomprensible y un gran sopor lo inundaba, haciéndolo caer en un profundo sueño.

Eran cerca de las seis de la tarde cuando despertó. A pesar de lo acontecido parecía no estar preocupado de nada. Se dio un baño rápidamente y se preparó para ir a dar la confesión a sus feligreses. Antes de partir buscó con la mirada las cenizas de la carta del tarot, pero nada, estas parecían haberse esfumado en el aire, mientras que en el rostro del crucifijo no parecía haber la más mínima mancha de sangre. Todo parecía ser producto de su imaginación, algo ocurrido sólo en su mente, un mal sueño del cual había despertado. Sin embargo, en su alma tenía la certeza de que esto era sólo una breve pausa en la mitad de una tormenta. Una vez ordenado sus pensamientos se dirigió hacia la iglesia con el propósito de celebrar el ritual de la confesión. Justo en el atrio se encontraba el señor cura, con ese gesto apacible y la mirada cargada de bondad que siempre lo caracterizaba. José Antonio se aproximó a él e inesperadamente le dio un fuerte abrazo, quien un tanto sorprendido preguntó.

—¿Estás bien hijo? ¿Tus padres se encuentran bien? ¿Qué es lo que te mortifica? Ya sabes que puedes contar conmigo y con mi discreción.

José Antonio sonrió con un gesto de amargura. Si tan sólo pudiera expresar este dilema en el que se encontraba, pensaba, pero prefirió callarse todas sus angustias y deliberadamente guardarse eso que lo acongojaba. Con una sonrisa que era simplemente una mascarada respondió.

—Mi padre estuvo un poco enfermo, pero afortunadamente ya se recuperó y todo parece estar bien.

El anciano, sabiendo que no habría manera de hacerlo extender en los detalles, tan sólo optó por decir.

—Yo sé que has pasado por mucho últimamente, así es que te doy la tarde libre para que vayas a descansar. Alguien más tomará tu lugar en la ceremonia de la confesión.

José Antonio, sin el menor propósito de discutir, o más bien sin la mínima voluntad de hacer algo, sólo sonrió y se dio la media vuelta. Una vez en su habitación se tiró en la cama, sintiéndose aún extenuado sin la más aparente razón para semejante cansancio. Poco a poco la fatiga lo hizo caer en un placentero sueño. Minutos después empezó a tener una especie de pesadilla donde al principio se veía a sí mismo a las afueras de la cantina "El tres de espadas", acompañado de la joven gitana. La mujer, con movimientos obscenos, le empezaba a quitar la camisa para después seguir con el pantalón, hasta dejarlo completamente desnudo. De repente una fuerza lo levantaba y lo dejaba caer sobre el filo de las espadas. En su desesperación trataba de gritar, pero ningún sonido salía de su garganta. Luego volvió a verse a sí mismo, esta vez en el interior de la cantina, sentado a una mesa y frente a él estaba la copa de la carta tarot que había salido del interior de la caja. Por más que trataba de evitarlo se llevaba la copa hacia sus labios, y casi a punto de beber el contenido de esta se despertó con la boca seca y empapado de sudor. Sin saber el significado del sueño o pesadilla buscó un poco de agua, la cual bebió de manera exageradamente nerviosa. Sin saber qué hacer volvió rumbo a la iglesia, la cual a esas horas ya se encontraba completamente desierta, o al menos eso pensaba. Avanzó en dirección del altar principal cuando con el rabillo del ojo descubrió a una joven mujer postrada de hinojos y en un inconsolable llanto que sacudía su delgado cuerpo. De inmediato y olvidando por completo su angustia, la tomó por los hombros, tratando de indagar el motivo de su llanto.

—Hija, dime, ¿qué es lo que te pasa, en qué te puedo ayudar?

La joven mujer, víctima de su incontrolable llanto, no podía articular palabra, ya que experimentaba convulsiones y fuertes sacudidas. Las lágrimas manaban de sus ojos como un manantial inagotable y surcaban sus mejillas, raudas y veloces con destino del frío mosaico del piso del santo recinto. José Antonio, consternado por tal escena, la tomó entre sus brazos buscando darle el alivio y consuelo que sin lugar a dudas ella buscaba en ese lugar. Pacientemente esperó hasta que los estertores de la joven mujer iban desapareciendo y dando paso a una tensa calma y un largo silencio.

Tímidamente y con sus ojos clavados en el piso, la mujer esquivaba la mirada del joven sacerdote. Con esto parecía indicar con que no quería expresar nada de lo que la acongojaba o tal vez era vergüenza lo que interiormente la motivaba a permanecer callada. Así siguieron ambos por largos minutos, José Antonio respetando su silencio, y ella mordiéndose los labios para guardarse dentro todo el cúmulo de emociones que la embargaban. Finalmente, la mujer se decidió a hablar.

—Me acabo de confesar y la penitencia que me fue impuesta no alivia la pena que queda en mi alma, me siento más sucia y ruin, me siento más culpable que antes de confesarme. Lo que he rezado siento que en nada cambia mi pecado, y por más que me arrepienta de haber hecho lo que hice nada puede borrar el pasado. ¿Qué puedo hacer para tener el descanso que mi alma añora? Perdóneme por decir esto, pero los rezos en nada me ayudan, no me traen ni calma ni consuelo a mi desesperación. Yo siempre tuve muchísima fe y creí en todos los preceptos que me imponía mi religión cristiana, pero ahora ya no estoy muy segura de todo esto.

Una vez más sus lágrimas volvieron a surcar sus mejillas y quebraban su voz, dejando entrever el gran sufrimiento y la pena que la embargaban. En cierta manera José Antonio se sentía identificado con el sentimiento que reflejaba la joven mujer. Después de todo, él también era víctima de algo muy parecido a eso que ella le acaba de exponer. Aún sin saber lo que ella escondía, la falta de fe era el común denominador entre ellos dos. Esperando que se tranquilizara, el sacerdote guardó silencio una vez más mientras un sinnúmero de ideas giraban en su cabeza. La vida era sin duda un laberinto de desconocidas emociones y se encontraba justo en medio de este sin poder encontrar la salida, y cada día iba perdiendo la esperanza de salir de este torbellino de sentimientos encontrados que, como si fuera la corriente del mar, lo arrastraba de un lugar a otro, sin poder imaginar en hasta dónde lo llevaría esa incontrolable fuerza del destino, que parecía jugar con sus sentimientos.

Buscando en cierta manera hacer sentir bien a la joven mujer, José Antonio pasó su mano por la cabeza inclinada, demostrándole así que podía contar con él. Tras unos cuantos minutos de silencio, ella empezó a narrar lo que tanto la acongojaba.

—Yo siempre he tenido un gran apetito sexual y siempre buscaba a alguien que calmara mis deseos. Una de esas veces salí embarazada y aun siendo tan joven decidí tener a mi bebé. Siempre pensé que con el arribo de esta nueva vida a mi existencia mis deseos se calmarían, lo cual pasó por cerca de un año, pero una vez más, cierta noche mientras mi bebe dormía, salí de nuevo a la calle buscando a alguien que saciara mi sed. Cuando regresé de nuevo a mi casa me sentía sucia y miserable por haber hecho tal cosa, sin embargo, dos noches después, la misma necesidad volvía a atacarme y una vez más salía en busca de alguien.

Guardando silencio por un momento, como dándose valor para continuar, estrujaba sus manos con ansiedad. Finalmente decidió continuar con su relato.

—Así continué por mucho tiempo, pero siempre esperaba a que mi bebé estuviera dormido. Una noche, el deseo recorría todo mi cuerpo y tenía la necesidad de otro cuerpo junto al mío; el deseo era como una adicción. En aquella ocasión, mi hijito tenía algo de fiebre y no podía dejarlo así. Era la hora de darle el jarabe que le había recetado el doctor, así es que le di el medicamento y de inmediato empezó a dar muestras de sopor, para después caer en un profundo sueño. Esperé unos cuantos minutos y una vez que me aseguré que estaba completamente dormido, salí otra vez más a la calle. Cuando al fin regrese parecía que todo estaba en perfecta normalidad. Mi bebé dormía como un angelito y no parecía haberse despertado en ningún momento mientras yo estaba fuera de la casa. Fue así de esta manera como empecé a darle a mi bebe aquel medicamento en las noches cuando no se podía dormir. A pesar de sentir un poco de culpa nunca imaginé el daño que le estaba causando a mi criatura. Con el tiempo las dosis fueron aumentando, al mismo tiempo que estas se hicieron cada vez más frecuentes, hasta que una noche, buscando que se durmiera de manera más rápida, le di el doble de lo normalmente le daba, ya que tenía planes de pasar toda la noche fuera de la casa.

Una vez más, las lágrimas de la mujer rodaban por sus mejillas mientras los sollozos sacudían su frágil cuerpo, hasta que con voz entrecortada continuó su amargo relato.

—Llegue a la casa temprano por la mañana y lo primero que hice fue revisar si mi bebé estaba bien, y él parecía estar aun en un profundo sueño. Me acerqué para darle un beso y fue entonces cuando descubrí la frialdad y la rigidez de su cuerpecito.

Para José Antonio era difícil comprender todo lo que ella trataba de decir, ya que sus gemidos y lamentos cortaban las palabras, haciéndolas ininteligibles. Ella prosiguió.

—Mi bebé... ya estaba... muerto. Padre, yo lo maté con mi lujuria, yo soy la única responsable de su muerte, y no va a existir ningún rezo que le devuelva la vida a mi hijo. Yo sé que me merezco un diferente castigo, pero tengo miedo de ir a la cárcel, de afrontar la pena que la ley de los hombres me pueda imponer, y yo sé que el castigo que me da la ley de Dios no es suficiente. No cubre en nada toda la maldad que se encierra en este lujurioso cuerpo, en esta corrupta mente ávida de sexo e insanos deseos; ¿Qué debo de hacer padre para cubrir esta grave falta que me está volviendo loca? ¿Cómo reparo el daño que le he causado a la única persona en el mundo que de verdad he amado?

En cada palabra de la joven mujer se reflejaba la angustia y el dolor que la embargaba. Tal muestra de impotencia ponía a José Antonio en una encrucijada, ya que por un lado sentía que ella merecía un castigo por causar la muerte de su hijo, aunque esto hubiera sido de manera involuntaria, y por el otro lado sentía pena por ella, ya que sólo era víctima de esta adicción sexual. Sintiéndose maniatado, solamente optó por darle un consejo salomónico.

—Lo único que te puedo decir en este momento es que la decisión es tuya; tú eres la única que puede decidir su propio destino. Puedes ir y declarar tu culpa con las autoridades, y así aceptar la pena que te sea impuesta, o guardártelo dentro de ti misma, guardar ese secreto y sufrir el calvario de saber el daño que has causado a tu bebé, y esperar el momento de tu juicio final. Lo que tú decidas contarás con mi apoyo y mi confidencia; nadie sabrá de esto que aquí hemos hablado. Ve con Dios y te deseo lo mejor en cualquier camino que decidas tomar.

Una vez que José Antonio le dio su bendición, la joven se alejó cabizbaja, arrastrando los pies como si estos fueran hechos de plomo y pesaran de sobremanera. Él la siguió con la mirada hasta que su figura se fue perdiendo en lo obscuro de la noche, obscuridad que semejaba la negrura de las almas que deambulaban por la ciudad sin encontrar la luz necesaria que les iluminara el camino por donde vagaban.

CAPÍTULO V

Habían pasado dos semanas después de la conversación que José Antonio había tenido con la joven mujer, y todo parecía haber vuelto a la normalidad. Al menos él tenía la esperanza de que así fuera, aunque muy en su interior sabía que nada terminaría hasta que el juego del tarot llegara a su conclusión. Esa tarde se celebraba una misa de cuerpo presente, y eran tantos los feligreses de esta parroquia que era difícil imaginar en honor a quién se celebraría esta ceremonia. Aunque él no era el encargado de oficiar la misa tenía que estar presente en caso de cualquier eventualidad, o para asistir en lo que fuera necesario. En otras ocasiones algunos de los dolientes habían perdido el conocimiento a causa de las emociones. La ceremonia de la misa dio inicio sin contratiempo alguno. Unos pocos acompañantes se encontraban reunidos allí, familiares o conocidos de la persona fallecida, lo cual indicaba que no era alguien muy popular en este poblado o tal vez se trataba de alguna persona recién llegada a la ciudad y contaba con pocos dolientes. Sin embargo había algo en el ambiente que José Antonio no alcanzaba a descifrar. Una mezcla de angustia e incertidumbre lo llenaba de pies a cabeza, y aunque esta no era la primera vez que se encontraba en este tipo de ceremonias, atribuía su malestar a al sinnúmero de eventos acontecidos en días recientes. En ese momento descubrió la mirada penetrante del señor cura, que atentamente lo observaba como si tratara de adivinar lo que atravesaba por su mente. Tratando de evadir la constante mirada, fijó su atención en un punto lejano, mirando sin mirar nada, y sintiendo la urgencia de la conclusión de la sagrada ceremonia. No obstante, parecía que ese día el reloj no estaba de su parte; los minutos deambulaban jugando con los segundos que parecían holgazanear en la sacra sobriedad del templo. Al final del servicio no pudo menos que dejar escapar un hondo suspiro; finalmente la ceremonia había terminado, sólo faltaba escuchar decir al cura, "Podéis ir en paz la misa ha terminado", y aunque él se retiraría a sus habitaciones, sabía que no encontraría esa ansiada paz que tanto había buscado, y que cada día parecía estar más lejos del alcance de sus manos. Después de inclinarse y persignarse ante el altar se dirigió hacia la entrada principal para despedir a las pocas personas ahí reunidas que formaban parte del cortejo fúnebre. Al pasar a un lado del ataúd un reflejo lo cegó momentáneamente. Intrigado por tal evento dio a un paso atrás para tratar de descifrar la procedencia de tal destello. Descubrió que se trataba de uno de los vitrales reflejándose en la ventanilla de cristal. Tal vitral era la imagen de una copa con una hostia encima, la cual representaba el cuerpo y la sangre de Cristo, pero lo extraño de todo esto era que sólo la copa se reflejaba en el cristal de la ventanilla, sólo una, y muy similar a la copa en el juego del tarot. Por más que buscaba un mejor ángulo para observar el resto del vitral, sólo aparecía la copa, lo cual le llenó de escalofrío, y gotas de sudor perlaban su frente. Impulsado por su curiosidad, con mano temblorosa levantó la tapa del ataúd para descubrir que se trataba de la misma joven que le había confesado días atrás su grave pecado. Su rostro, a pesar de la extrema palidez que reflejaba, parecía haber encontrado finalmente la paz. Probablemente, pensó, se había reunido con el amor de su vida, su entrañable hijito. Por un momento sintió que todo le da vueltas, e instintivamente se agarró del féretro para no caer. El señor cura, que se encontraba a unos cuantos pasos de ahí, y después de notar la palidez del joven sacerdote, y apoyando su mano en el hombro le preguntó con grave voz, mientras lo miraba fijamente a los ojos.

—¿La conocías? Yo nunca antes la vi por aquí.

José Antonio asintió con la cabeza, y al tratar de responder un nudo le cerró la garganta. Pasando un poco de saliva y aclarando la voz finalmente pudo responder a la pregunta.

—Ella se confesó conmigo hace dos semanas; al parecer no pudo proseguir con esta pena que la agobiaba.

El señor cura, a sabiendas de la angustia que embargaba al joven sacerdote, le indicó con la mano hacia la puerta, al tiempo que añadió.

—Terminemos con esta ceremonia, y más delante tú y yo tendremos una conversación. Por lo pronto respira profundo y ayúdame a consolar a sus dolientes.

Siguiendo el consejo del señor cura, José Antonio asumió su posición y despidió al cortejo fúnebre. Una vez terminado con la ceremonia de despedida cayó víctima de un ataque nervioso, retirándose de inmediato a su habitación. Ahí, como león enjaulado, caminaba de un lado a otro sin encontrar respuesta o solución a esta zozobra que lo embargaba. ¿Qué había pasado con la joven mujer? ¿Cuál había sido la causa de su deceso? Por más que buscaba una respuesta, la falta de información parecía comerle las entrañas. Sin poder soportar un minuto más decidió ir a buscar la respuesta a este complicado crucigrama, y sin pensarlo una vez más tomó su bicicleta para dirigirse a toda velocidad con rumbo del cementerio, donde él se había informado con anterioridad sería el sepelio. Pedaleaba su bicicleta como si estuviera poseído, mientras imágenes de la joven confesándole su falta acudían a su mente. Finalmente, agitado y sudoroso, llegó a su destino, pero al parecer ya era demasiado tarde: todos los dolientes habían dejado el lugar. No había ya nadie a quién preguntar, y nadie que pudiera responder a sus preguntas. Ni siquiera tenía idea a donde se encontraba su sepultura ya que no parecía haber ninguna tumba nueva. Finalmente descubrió a lo lejos un montón de tierra recién removida... esa tendría que ser la sepultura de la joven mujer. En ese momento se dio cuenta de una cosa: ni siquiera sabía el nombre de ella. ¿Cómo podría preguntar por ella si no tenía idea de su nombre? ¿Con qué pretexto explicaría su presencia ahí? Al no mirar a nadie alrededor no tendría que dar explicación alguna, así que recostó su bicicleta en uno de los árboles y se dirigió con paso lento en dirección del montón de tierra. Caminaba imaginando lo cruel y trágico que habrían sido los últimos días de esta desafortunada mujer, y al llegar a la tumba descubrió una cruz de madera con un solo nombre: Miranda. No había fecha de fallecimiento ni información de quienes le sobrevivían, nada, sólo una cruz de madera como si fuera lo único que ella se merecía. Aún sin estar seguro de que esa fuera la última morada de la joven mujer se postró de rodillas frente a ella, como si esperara que las respuestas que buscaba salieran de aquel puño de tierra. Así permaneció por largo tiempo, pero de repente advierte la presencia de alguien más. Tenía la sensación de alguien lo observara a la distancia, por lo que, intrigado, se levantó buscando con la mirada quién podría ser. En eso descubrió a joven hombre semi-escondido detrás de un árbol, y de inmediato le hace un saludo con la mano, indicándole que se acercara. El joven volteó en todas direcciones como esperando que alguien más estuviera ahí, sin embargo no había nadie más; él era la única persona por ahí. Paso a paso se acercó hasta donde estaba en su espera el joven sacerdote, y sin decir ni una palabra le extendió la mano para saludarse. Después permanecieron callados y cabizbajos frente a la tumba, hasta que finalmente José Antonio se atrevió a romper el silencio.

—¿La conocías? ¿Era familiar tuyo?

El joven volteó a verlo directamente a los ojos mientras con la parte posterior de su mano secaba una lágrima que empezaba a correr por su mejilla.

—Ella era el amor de mi vida, además de ser la madre de mi hijo, para mí ella significaba todo. Estábamos haciendo planes de unir nuestras vidas y reinventarnos por nuestro hijo; y ahora lo he perdido todo nada queda para mí en esta vida.

José Antonio, sorprendido por tal confesión, se preguntaba a sí mismo si el joven hombre sabría de las debilidades de Miranda, y todo lo que había desencadenado por su debilidad sexual. Como si el joven leyera sus pensamientos continuó.

—Disculpe mi falta de cortesía. Me llamo Alberto y estoy para servirle. Miranda y yo teníamos algún tiempo de conocernos, desafortunadamente ella era víctima de un deseo sexual incontenible. Por esa razón ella no quería unir su vida a la mía, pero estábamos buscando ayuda profesional. Sin embargo esta nunca llegó...

Sus palabras entrecortadas denotaban todo el sufrimiento que su alma encerraba en ese momento. Aparentemente él desconocía toda la verdad, y era ajeno a todo el drama que encerraba la desaparición de Miranda, pero el sacerdote no iba a ser quien le propinara una herida más al corazón enamorado de Alberto, así que, estrechando su mano, el sacerdote hizo lo propio al presentarse ante aquel hombre.

—Mi nombre es José Antonio, y soy sacerdote en la parroquia del pueblo. Pensé en venir aquí a decir algunas plegarias por el alma de Miranda. Yo sé que estás enfrentándote a una situación cruel y poco normal pero, quiero decirte que puedes contar conmigo cuando necesites alguien con quien hablar o con quien desahogar tus penas, y no dudes ni un momento en buscarme si crees que te puedo ayudar.

En sus palabras se encerraban una gran sinceridad y la más desinteresada oferta de amistad y camaradería. Debía de ser porque ambos eran de edades muy cercanas lo cual hacía más fácil el entendimiento entre ellos dos. Sin más que agregar se dio media vuelta y emprendió su regreso a la iglesia, en eso Alberto murmuró algo. José Antonio, intrigado y sin haber entendido lo que Alberto acababa de decir, le preguntó.

—¿Cómo dijiste? Te escuché decir algo pero no acabé de entender lo que murmuraste.

Alberto, notablemente consternado, tenía dificultad para hilvanar frase alguna, era tal como si algo le cerrara la garganta y le impidiera expresar eso que le quemaba el alma por dentro. Sus labios temblaban visiblemente cuando, en un hilo de voz, trató de explicar eso que se anidaba dentro de su ser.

—Ella murió envenenada...

Después de una pausa y aclarando su garganta, volvió a repetir lo que anteriormente acababa de decir.

—Ella murió por envenenamiento; se tomó una copa de veneno... murió casi al instante. Dijo el forense que nada ni nadie hubiera podido salvarla. Aquí tengo una foto de cómo fue que la encontró la policía después de que uno de los vecinos notificó el haber escuchado algunos sonidos raros la noche anterior.

Con mano temblorosa Alberto extendió la fotografía en donde se veía a Miranda, al parecer dormida sobre la mesa, y a un lado se apreciaba con lujo de detalle una copa exactamente igual a la que él había observado en el cristal de su ataúd. Coincidentemente, aquella copa era similar a la de la carta del tarot que hacía dos semanas había sido arrojada de la caja como parte de ese macabro juego en el que sin querer se encontraba involucrado, y al parecer no tenía salida o escapatoria alguna. Un sudor frío recorrió su espalda, mientras espasmos recorrían todo su cuerpo. Tratando de disimular tal efecto regresó apresuradamente la foto, al mismo tiempo que dio un fuerte abrazo a Alberto, dejándole saber que de verdad lo acompañaba en ese crucial momento de su vida. Con voz pausada añadió como en señal de despedida.

—Tengo la seguridad de que ella encontró finalmente la paz, y ahora tú eres quien debe buscar consuelo, reiniciar tu vida, reinventarte y seguir adelante. Yo sé que te será difícil, pero te reitero que puedes contar conmigo, así es que no dudes en hacerlo cuando sientas que te encuentres en un callejón sin salida.

Finalmente empezó a alejarse sintiendo el peso del mundo sobre sus hombros, y a sabiendas de que él era parte principal en el destino que recientemente se había escrito. Además sabía que sus oraciones en nada servirían; tal idea lo hacía sentirse indefenso, inútil, vulnerable. Al parecer nuevas ideas parecían irse gestando en su cabeza; por un momento llegó a pensar en dejar todo de lado y dejar asimismo que la vida siguiera su curso inevitable. A su regreso a las inmediaciones de la iglesia un cúmulo de sentimientos encontrados giraban en su cabeza. Sentimientos de culpa y decepción por un lado, y por otro sentía que la rebeldía y la ira lo invadían. ¿Por qué le había tocado a él precisamente esta pesada cruz?, ¿Por qué, si él siempre había seguido todos los preceptos que su religión le indicaba? No sólo eso; él era incapaz de desearle mal a ninguno de sus semejantes, ¿Por qué ahora era utilizado como instrumento de castigo y muerte? Lo más desesperante del caso era saber que él era una especie de juguete en las manos invisibles del destino, que parecía querer jugar con él a su antojo sin que él pudiera hacer nada para evitarlo. Ya una vez en sus habitaciones la angustia parecía invadirlo, ya que aún estaba presente en su mente el episodio vivido recientemente donde estuvo a punto de perder a su padre, y sabía que cada día que pasaba se acercaba peligrosamente al momento en que tendría que decidir entre la vida de su padre o la vida de alguien más, y de verdad no quería volver a estar en esa disyuntiva. Decidido y sacando fuerzas de flaqueza se dirigió hacia la oficina principal con la idea de encontrar una solución junto al señor cura. Al fin de cuentas él era la única persona en quien el confiaba, y sentía que él lo entendería. El cura, al verlo llegar, de inmediato comprendió que algo no estaba bien, pues recordaba la charla que habían sostenido unos días atrás. Poniendo sus libros a un lado volviendo toda su atención al joven sacerdote, y con gesto amable, lo invitó a tomar asiento.

—Pasa muchacho, te he estado esperando todos estos días. No me has contado de tu familia ni tampoco de cómo te va con esa crisis de fe que te acometía hace algunos días. ¿Has aclarado tu mente, o te siguen acosando las dudas? Cuéntame qué hay de nuevo.

José Antonio guardó silencio por un buen tiempo tratando de encontrar las palabras adecuadas, ya que lo que planeaba decir era de lo más difícil que nunca antes había dicho. Pasaba saliva tratando de aclarar su voz mientras que las palmas de sus manos se le ponían frías y sudorosas. Se las frotaba instintivamente como si de ello dependiera el buen resultado de esta conversación o más bien como si al frotárselas, sus palabras flotarían de manera más fácil y con la adecuada elocuencia. Finalmente dijo con sobria voz.

—He decidido dejar el sacerdocio...

Hizo una breve pausa y continuó diciendo sin dejar que el señor cura tuviera tiempo de reaccionar.

—Sí, lo escuchó bien, voy a colgar los hábitos. Después de analizar mi situación y habiendo puesto todo en la balanza he llegado a la conclusión de que lo mejor será separarme de la iglesia.

El señor cura lo observaba con los ojos bien abiertos, como si tratara de comprender lo que el joven sacerdote acababa de pronunciar, y como si esperase que de pronto le dijera que sólo se trataba de una broma de mal gusto. Ante la sorpresa solo atina a pronunciar.

—¿Cuál es tu situación? No entiendo por qué tan drástica decisión. Como te dije la vez pasada todos tenemos dudas alguna vez, pero, eso no tiene que ser suficiente motivo para tirar todo de lado. Tú siempre has sido un joven con muchas cualidades y grandes aptitudes para ejercer la carrera eclesiástica. Este episodio por el que tú pasas es sólo una crisis de fe; no tienes que apresurarte a tomar una decisión.

Una amarga sonrisa se dibujó en la cara de José Antonio. Se notaba que no tenía idea de los eventos a los que se había tenido que enfrentar y esta era la mejor oportunidad para desahogar esta pena que le calcinaba el alma y le corroía la fe. Después de dar un largo suspiro y de forma calmada se decidió a revelar su situación.

—¿Recuerda cómo me gusta coleccionar antigüedades? Bueno, no hace mucho, un sábado por la mañana, me encontré una cajita que me llamó mucho la atención, y decidí comprarla sin saber cómo cambiaría mi vida a partir del momento que puse mis manos en ella.

Con asombrosa tranquilidad y con lujo de detalle, José Antonio narraba los eventos que habían acontecido desde el primer día en que había adquirido la mencionada caja. Así continuó exponiendo al anciano sacerdote los extraños e inexplicables eventos que últimamente ocurrían en su vida. El señor cura lo escuchaba impávido pero a la vez atentamente. Un par de horas después y con el rostro desencajado, evidentemente perturbado por lo que José Antonio le acababa de contar, con un ligero temblor de manos el anciano se persignó mientras que en un susurro y con el rosario en sus manos empezó a rezar una oración. Después, pareciendo un poco repuesto de la impresión, se atrevió a preguntar.

—¿Y qué es lo que vas a hacer? ¿Te has puesto a pensar qué va a pasar con tu padre o tu familia? ¿Qué va a suceder cuando tengas que continuar con ese juego?

Demostrando una enorme calma José Antonio respondió bajo la atenta mirada del señor cura.

—A decir verdad no tengo idea de lo que voy a hacer, pero de una cosa si estoy seguro, y eso es que no quiero continuar con este juego mientras que continúe usando esta sagrada vestimenta. Siento que ya he fallado mucho a mis deberes de sacerdote, pero es algo que ya no puedo dar marcha atrás. Estoy plenamente consciente de lo que he hecho y aunque esto no es mi culpa, al final sólo es Dios quien podrá juzgarme, y así mismo salvarme o condenarme.

El señor cura, aún sorprendido por la ecuanimidad del joven sacerdote y presintiendo que tal vez este haría algo indebido, pegó un salto de su silla mientras que, con palabras atropelladas, trató de darle a entender la idea que le acababa de cruzar por la cabeza.

—¡Tengo la solución, he encontrado la solución! Sé cómo podremos terminar con este juego macabro, sé cómo podremos salvar tu familia y como podremos salvarte a ti.

José Antonio, un tanto sorprendido por la abrupta euforia del señor cura, trató de descubrir cuál era el plan que tenía tan entusiasmado al buen anciano. De la misma manera se sentía contagiado por esa euforia, aun sin saber cuál era la solución al grave problema en el que se hallaba sumergido hasta el cuello.

—¿Dígame de qué se trata? ¿Cuál es su plan? ¿Cómo podremos terminar este juego?

Con los ojos abiertos como platos, el señor cura trató de contener su exaltación mientras exclama.

—¡¡¡Un exorcismo!!! Sí... me escuchaste perfectamente, eso es lo que podemos hacer. Aparentemente la caja esta poseída por un espíritu maligno. Si lo exorcizamos se romperá el hechizo y así la caja quedará libre de esas fuerzas malignas que tratan de hundirte, y te hace dudar de tu fe. Y, por lo tanto, tu familia y tú serán liberados al mismo tiempo.

Era tal la excitación del señor cura que sus ojos brillaban de manera jovial contagiando todo a su derredor. Yendo de un lado hacia otro parecía un jovenzuelo en la plenitud de sus facultades físicas, como si de repente un nuevo aire de juventud llenara sus pulmones. Tratando de tranquilizarse añadió enseguida.

—Sólo dame un par de días para preparar todo lo necesario para llevar a cabo este ritual. Déjame consultar algunos libros que tengo que estoy seguro nos serán de mucha ayuda, ya que necesito recordar todo el proceso, y además debo prepararme para enfrentar lo que venga. No temas, ya que estoy seguro que todo estará bien. Mientras tanto trata de no hacer nada y concéntrate en orar y pedirle a Dios que nos ayude con esta empresa que estamos a punto de llevar a cabo.

José Antonio, con lágrimas en los ojos, asintió con la cabeza. Parecía que por fin veía la luz al final del túnel. El señor cura podía ser la solución a toda esta pesadilla. Dando las gracias salió de la oficina del señor cura sintiendo que todo se miraba mejor, que el mundo giraba a un paso normal. El cielo parecía un tanto más azul, mientras un aire fresco soplaba, y al sentirlo al contacto de su piel lo hacía sentirse vivo. Al fin de cuentas su propia fe podría salvarlo y salvar a sus seres queridos. Sentía que volvía a ser la misma persona antes de verse envuelto en ese misterioso, y a la vez maléfico, juego del tarot.

Habían pasado tres días, y al parecer todo marchaba sobre ruedas. Durante ese tiempo no había ocurrido nada anormal. El único inconveniente era que se acercaba cada día más el momento de continuar el juego, y eso llenaba de incertidumbre el alma de José Antonio. Con todo, tenía plena confianza en que con la ayuda del señor cura encontraría la respuesta. Estaba sumido en sus oraciones cuando una mano se posó suavemente en su hombro derecho, al momento que escucha al señor cura preguntarle.

—¿Estás listo hijo? La hora ha llegado.

Sus palabras resonaban en la soledad de la capilla donde José Antonio se encontraba rezando, y esto hacia más solemne el momento, dándole a la vez un toque de misterio y sobriedad.

—Sí, señor, estoy listo.

Su respuesta inmediata denotaba que no tenía la más mínima duda, y de que quería terminar con esa pesadilla que lo atormentaba noche y día.

El señor cura le pidió que lo acompañara a fin de mostrarte lo que se utilizaría para llevar a cabo este ritual. Ambos se persignaron y se retiran del santo recinto con dirección a la oficina, en donde encima del escritorio se encontraban dos botellas de cristal con cierto líquido cristalino, así como un viejo libro el cual tenía en su portada una sola palabra que, al leerla, llenó a José Antonio de un extraño escalofrío: «Exorcismo». No aparecía el nombre del autor ni nada más, sólo esa palabra. Al abrirlo le llegó a la nariz ese olor que guardan los libros antiguos cerrados por años, una emanación que le dejaba saber que aquel volumen no había sido tocado en mucho tiempo. En sus páginas amarillentas se leían palabras escritas en latín.

El señor cura le explicó el propósito de cada uno de estos objetos, y señalando con su dedo índice empezó su descripción.

—Esta botella contiene agua bendita, que proviene simbólicamente del costado de nuestro Señor Jesucristo cuando con la lanza del destino fue estocado para verificar su muerte, y en lugar de sangre sólo brotó agua. Esta otra botella contiene aceite bendito con el que haremos un círculo en derredor de la caja para evitar que ningún espíritu maligno escape de la circunferencia, y así conjurar cualquier hechizo contenido en la caja.

Todo parecía estar en orden, sólo esperaban la llegada de un tercer sacerdote que les ayudaría con el exorcismo, ya que él tenía alguna experiencia en este tipo de ceremonias por haber participado en otras ocasiones en la celebración del ritual. Esto hacía sentir un gran alivio en el joven sacerdote, ya que combinando la experiencia del sacerdote que vendría a ayudarles, así como la sapiencia del señor cura, le infundía confianza y seguridad en sí mismo. Comprendía que esa era su última esperanza, y se aferraba de ella como quien se agarra de un clavo ardiendo. "Tiene que funcionar", se repetía a sí mismo mientras observaba cómo el cura hacía todos los preparativos que conllevarían a la erradicación del espíritu que poseía la caja, y tal vez con eso arrancar la angustia y la zozobra de su alma. Ya de regreso en la capilla y con los arreos pertinentes, los esperaba a la puerta el sacerdote que con gesto amable les extiende la mano. El señor cura los invita a pasar al sagrado recinto, y ya dentro de él se escucha la voz del cura un tanto sobria y respetuosa.

—Este es el padre Alejandro, él nos ayudará con su experiencia en estas lides, y estoy seguro que él será factor determinante en el transcurso de esta práctica. Vamos a rezar antes de llevar a cabo el ritual del exorcismo, y a pedirle a Dios que nos de fuerza y entereza para desterrar este ente maligno, y mandarlo de regreso al averno de donde nunca debió de haber salido.

Todos se posaron de rodillas y con rosario en mano empezaron a rezar en voz baja. Se podía advertir el fervor y la fe que mostraban estos tres servidores de Dios, y mientras ellos con los ojos cerrados continuaban sus oraciones, afuera negros nubarrones se aglomeraban dándole a la tarde un aspecto lúgubre y sombrío. El viento empezaba a soplar con más fuerza haciendo remolinos a su paso; tal pareciera que los malos espíritus adivinasen la suerte que les esperaba y buscaban la manera de sabotear el ritual que estaba a punto de celebrarse en el interior de la capilla. Una vez concluidas las oraciones, llegó el momento de dar inicio con al exorcismo. El señor cura dejó escuchar su voz, que resonó en el silente espacio del templo.

—Que el poder de Dios nos guíe en esta peligrosa empresa... In nomine patris, et filii et spiritu sancti, Amén.

Haciendo la señal de la cruz, los dos sacerdotes respondieron al unísono con voz grave y profunda.

—Amén.

Tomando la botella de cristal que contenía el aceite bendito, el anciano comenzó a hacer un círculo en el piso con el contenido de dicha botella, para después posar la caja de madera dentro del mismo. Con mucha solemnidad tomó la botella del agua bendita y se la dio a José Antonio. Después procedió a encender una vela, y con el fuego encendió el círculo de aceite. Después pasó la vela encendida al padre Alejandro, y tomó el viejo libro en sus manos para añadir enseguida.

—Pase lo que pase no debemos detenernos hasta que no sepamos que hemos vencido a las fuerzas del mal.

Acto seguido el señor cura, después de persignarse, empieza a entonar una alabanza que tenía tonalidades de cantos gregorianos que daban al momento dejos de divino y malévolo al mismo tiempo.

—¡Crux sacra sit mihi lux! ¡Non Draco sit mihi dux! Vade retro satana, nunquam suade mihi vana. Sunt mala quae libas, ipse venena bibas.

Las puertas del santo recinto empezaron a estremecerse como si una fuerza invisible tratara de arrancarlas de tajo, mientras que la intensidad del viento parecía ir en aumento, haciendo que los vitrales se estremecieran amenazando con romperse en mil pedazos. La flama de las velas parecía querer apagarse mientras que el círculo de fuego parecía crecer por momentos reflejando sombras fantasmagóricas por toda la iglesia. Haciendo caso omiso a todos estos acontecimientos, el padre Benito continuó repitiendo esas palabras, mientras que José Antonio, tratando de ocultar el pánico que sentía, prosiguió haciendo señales de cruz con el agua bendita.

—¡Crux sacra sit mihi lux! ¡Non Draco sit mihi dux! Vade retro satana, nunquam suade mihi vana. Sunt mala quae libas, ipse venena bibas.

En las paredes de la iglesia empezaron a deambular sombras en torno a los tres sacerdotes, mientras que un gélido aire se colaba y parecía envolver el ambiente de una sensación sobrenatural. El padre Benito y el padre

Alejandro empezaron al unísono a repetir una oración que exorcizaría la caja de todos malos espíritus. La tensión crecía mientras tanto dando muestras de que una fuerza desconocida se iba apoderando del sagrado recinto.

—Omnis immundus, exorcisamos, omnis spiritus... Omnis inmundus, exorcisamos, ominis spiritus... Ominis inmundus, exorcisamos, ominis spiritus.

Gritos y lamentos se empezaron a escuchar en el ambiente acompañando con el sonido del viento y el crujir de los vitrales, hasta que estos no pudieron soportar dicha presión y cedieron a la fuerza del viento, haciendo que una lluvia de cristales cayera sobre los tres sacerdotes, que a pesar de aquello no dejaban de recitar las palabras del exorcismo.

—Omnis immundus, exorcisamos, omnis spiritus... Omnis inmundus, exorcisamos, ominis spiritus... Ominis inmundus, exorcisamos, ominis spiritus.

Las voces de los sacerdotes se hacían cada vez más fuerte y se transformaban de a minuto en gritos, haciendo que esto pareciera una escena dantesca. El rostro del padre Alejandro empezó a transformarse adquiriendo un matiz pálido y desencajado, como si de repente una grave enfermedad se hubiera gestado en él. Daba la apariencia que tenía dificultad al querer respirar y trataba de pasar saliva en vano intento. Miraba hacia el techo de la iglesia como buscando respuestas o tal vez una salida. Sus rodillas parecían perder fuerza y visiblemente debilitadas se negaban a sostenerlo, al tiempo que escalofríos recorrían su cuerpo provocándole violentas sacudidas. Desorientado, sólo acertaba a tomarse la cabeza con ambas manos mientras que en sus oídos resonaban las plegarias que el padre Benito continuaba leyendo en las páginas ajadas del viejo libro, en un gran intento de vencer las fuerzas del mal.

—Omnis immundus, exorcisamos, omnis spiritus... Omnis inmundus, exorcisamos, ominis spiritus...

En la cabeza del padre Alejandro las voces parecían perder fuerza y se escuchaban cada vez más lejanas. Un velo negro le cubría los ojos y todo parecía haberse detenido al derredor y luego, nada. Un silencio absoluto en su cabeza, sus piernas incapaz de soportar su peso cedían a la fuerza de gravedad cayendo de bruces encima del circulo de fuego, al mismo tiempo que con su cabeza golpeaba la caja de madera haciéndola rodar fuera del círculo. Al girar el fondo de la caja quedó bocarriba, mientras que la madera de esta se empezaba a encender. José Antonio, espantado, veía cómo las ropas del sacerdote empiezan a tomar fuego, y sin pensarlo dos veces acudió en su ayuda, haciéndolo a un lado al tiempo que extinguía las llamas del ropaje. Trataba de reanimar al sacerdote cuando la mano del padre Benito le tocó el hombro, quien señalaba con el índice en dirección de la caja. Desde su interior esta empezaba a arrojar una carta del tarot. La carta era la del colgado, pero esta de inmediato empezaba a encenderse en las llamas que envolvían la caja. Todo pareció tan de prisa que en cuestión de segundos las llamas devoraron la madera y todo lo que contenía en su interior, quedando sólo un montón de cenizas en lugar de la caja. Con esto parecía que se esfumaban también todos los ruidos y el fuerte viento. Un extraño silencio los envolvía como presagio de malos augurios, por lo que permanecieron así por varios segundos, como si esperasen la conclusión de toda esta pesadilla. Dicha conclusión vendría enseguida cuando una fuerte ráfaga de aire se coló por las ventanas carentes de cristales formando un violento remolino que agitaba las ropas y el pelo de los sacerdotes. Así de la misma manera como empezó así desapareció, llevándose consigo los últimos vestigios de la caja que habían quedado convertidos en cenizas. Después de eso sólo un silencio sepulcral para dejarse escuchar enseguida el trino de los pájaros, y la luz del tímido sol se empezaba a colar, iluminando la santidad del local.

Un gemido del padre Alejandro los sacó de su estupor, y de inmediato brindaron toda su ayuda al caído sacerdote, el cual sin saber lo acontecido preguntó en susurro de voz.

—¿Qué pasó, todo terminó ya?

El padre Benito se apresuró a responder dejando ver en sus palabras un gran cansancio. Tal pareciera que en los últimos minutos hubiera envejecido sobremanera, y con palabras casi inaudibles respondió las preguntas del sacerdote.

—Si padre, gracias a Dios esto parece haber terminado. Esperemos que nuestras vidas vuelvan a la normalidad, y que el hermano José Antonio descanse finalmente de esta pesadilla.

José Antonio, sin encontrar palabras, sólo acertó a esbozar una tímida sonrisa mientras asentía con su cabeza. Con gran cuidado los dos sacerdotes ayudaron al tercero llevándolo a la enfermería a que le revisaran el golpe que acababa de recibir en la cabeza. Se notaba a leguas el estado maltrecho en que se encontraba el padre Alejandro, que con pasos trastabillantes se dejaba conducir por los dos sacerdotes. Una vez que fue atendido en la enfermería, José Antonio regresó a recoger y limpiar los vestigios que quedaban esparcidos en el suelo como muestra del fragor de la batalla que acaban de sostener en contra de las fuerzas ocultas del más allá. Sin poderlo evitar, un estremecimiento le invadió el cuerpo, quizá debido el resquicio de una pequeña duda que le aguijoneaba el alma y giraba en su cabeza: la posibilidad de pensar que tal vez aún no terminaba ese episodio en su vida. Sin embargo, su fe lo hacía aferrarse a la idea de que, gracias al padre Benito junto con el padre Alejandro, ese maleficio era ya cosa del pasado y debería poner un cerrojo a la vitrina de los recuerdos, y tratar de vivir la vida como si nada de esto hubiera pasado.

CAPÍTULO VI

Era ya de noche cuando después de celebrar un santo rosario, y después de dar gracias a Dios por las bondades que había recibido ese día, José Antonio se retiró a descansar. Caminaba con pasos entrecortados hacia sus habitaciones. A todas luces extenuado reflexionaba después de aquella larga jornada en donde había sido participe directo en eventos que ni en sus más locos sueños se hubiera atrevido a imaginar. Al parecer, esto ya había llegado a su final, mañana sería un nuevo día y tenía toda la disposición de hacer bien las cosas, ya que había aprendido una invaluable lección de fe.

El padre Benito, por su parte y extenuado también, se encontraba tirado en su cama sin poder conciliar sueño. Giraba de un lado a otro manifestando así su preocupación por algo, que sin saberlo a ciencia cierta, le causaba insomnio. Mas, ¿qué era lo que le ahuyentaba el sueño? ¿Por qué lo perseguía esta angustia? Por más que buscaba la respuesta esta parecía eludirlo, y aunque se repetía sí mismo una y otra vez que todo iba a estar bien, un desasosiego le impedía dormir. Era ya muy avanzada la noche cuando finalmente el cansancio lo venció, pero a pesar de estar dormido seguía girando de un lado a otro, ya que en sus sueños un sinnúmero de imágenes cruzaban por su mente.

A la mañana siguiente, sintiéndose aún cansado por los eventos del día anterior y sin poder alejar de su alma esa incertidumbre que lo había mantenido despierto gran parte de la noche, el padre Benito se dirigió hacia la habitación de José Antonio. Le parecía un tanto extraño no verlo de pie, ya que él siempre había sido muy puntual, pero quizá hoy era la excepción debido al ajetreo que habían tenido hacia unas cuantas horas antes. Llegando a la puerta tocó tres veces y esperó un momento tratando de escuchar una respuesta, pero nada. Al parecer José Antonio dormía profundamente, así que volvió a tocar en la puerta una vez más sin recibir la respuesta que esperaba. Un tanto preocupado lo llamó.

—José Antonio, ¿estás despierto, estás bien?

La angustia parecía invadirle el alma y golpeó la puerta con más fuerza sin obtener respuesta alguna. Con la boca seca por la desesperación decidió buscar a uno de los trabajadores de la limpieza del local para que lo ayudara a forzar la puerta, ya que mil ideas se agolpaban en su cabeza en ese momento. Don Juan, el encargado de la limpieza de la parroquia, llega de inmediato armado con una barra metálica, con la cual empezó a tratar de forzar la puerta. Después de varios intentos la puerta cedió por fin, dejando libre la entrada a ambos hombres. El padre Benito fue el primero en entrar. En su cara se reflejaba el espanto al descubrir una escena propia de una película de terror. Falto de fuerzas cayó de hinojos al suelo mientras que don Juan, con los ojos desorbitados por la impresión, sólo atina a persignarse.

En medio de la habitación estaba José Antonio, colgando boca abajo en la misma forma que se representaba en la carta del tarot. Su rostro tan pálido y ausente de vida reflejaba cierta paz y descanso. El padre Benito víctima de la emoción sollozaba calladamente, y sus lágrimas rodaban por sus mejillas cayendo en el frío piso del cuarto. Al parecer el fatídico juego había cobrado la última víctima, aunque esta vez era alguien inocente y noble que hubiera hecho cualquier sacrificio por ayudar a sus prójimos, alguien que no merecía este final. Sólo el destino sabía lo que había detrás de este malévolo juego. Un poco después, repuesto de la fuerte impresión, el padre Benito se persignó mientras en voz baja rezaba una oración por el descanso eterno del alma del joven sacerdote.

—Descansa en paz muchacho, Dios es testigo de tu gran corazón y yo estoy seguro que en este momento estarás disfrutando de su compañía, porque tú sí merecías llegar a su presencia.

Aún de rodillas prosiguió en voz baja, mientras que las lágrimas no paraban de rodar por sus mejillas.

Una vez habiendo notificado a las autoridades del extraño suceso, y habiéndose llevado a cabo el peritaje, se determinó que José Antonio había cometido suicidio, lo cual llenó de ira al anciano sacerdote, ya que era casi imposible que algún ser humano tuviera el alcance y la destreza de colgarse en la forma que se encontró el cuerpo del joven sacerdote. Además de que conocía de sobra el alma buena y noble de José Antonio, y a sabiendas también de su temor por las leyes divinas. En la mente del anciano no existía la más mínima posibilidad de que él hubiera cometido semejante pecado. Sin embargo el resultado final ya estaba dado, y no había manera de cambiarlo.

El tiempo transcurrió lentamente para aquellos que apreciaron en vida al joven sacerdote, primero fueron las horas, después los días y luego semanas. Después de haber transcurrido tres semanas de este fatídico día, las heridas de tan dolorosos recuerdos empezaban a sanar, y pronto sólo quedarían las cicatrices como muestra de una vida que trágicamente se había extinguido. Era casi de madrugada y un aire frío se colaba por cada resquicio que encontraba. La ciudad estaba desierta; nada parecía perturbar esa densa calma, hasta que a lo lejos se percibieron las figuras de dos personas que venían caminando lentamente sin pronunciar palabra. Era una pareja, al parecer un hombre y una mujer, de quienes cuyos rostros era imposible describir, ya que el mal alumbrado público y la densa bruma contribuía en gran medida a la difusión de las sombras, dando a la noche un aspecto lúgubre y sombrío. La pareja continuó su recorrido y no se detuvo sino hasta encontrarse frente de los ventanales de un restaurant bar, en cuyo interior, sentado a la mesa, se encontraba un hombre, el cual, concentrado en su bebida, no se percataba de la presencia de la pareja, que atentamente lo observaba sin perder detalle. Se trataba de Alberto, el novio de la fallecida Miranda, que buscando alivio se había refugiado en el alcohol, tratando así de olvidar su desgracia o tal vez buscando de esta manera poner fin a su existencia. Entre sorbos ingería su bebida sin lograr encontrar esa paz que tanto buscaba, y amargas lágrimas surcaban su rostro y profundos suspiros se le escapaban sin poder impedirlos. En eso algo le llamó poderosamente la atención. Al local venía entrando un hombre de aspecto serio y distinguido. Se trataba del padre Alejandro trayendo consigo colgada al hombro izquierdo una mochila, y con paso firme se dirigió hasta la barra del pequeño bar. Ahí, de manera estudiada, se apoyaba en su codo derecho girando su torso, dando así su espalda al cantinero, y con penetrante mirada recorrió el local hasta detenerse en la figura de Alberto. Sin pensarlo dos veces y como si se tratara de alguien conocido, se aproximó hacia su dirección y, sin preguntar siquiera, se sentó a su mesa. Se notaba confiado y seguro de sí mismo, y sin esperar invitación alguna tomó el vaso donde Alberto había estado tomando minutos antes, y de un solo trago terminó con la bebida. Alberto, intrigado y sorprendido a la vez, no atinaba a formular pregunta alguna. Después de varios segundos en silencio, el padre Alejandro extrajo de su mochila un objeto enredado en una mantilla roja, el cual puso en la mesa y lentamente empieza a descubrirlo. Se trataba de la misma caja que había causado la muerte de José Antonio. Sin pronunciar palabra el padre Alejandro pasó su mano suavemente por encima de la caja ante la atenta mirada de Alberto. En ese momento, la pareja que observaba desde afuera sin perder detalle, se miró a la cara: se trataba de la gitana y del anciano del bazar, quienes con misteriosa sonrisa veían como el padre Alejandro les guiñaba un ojo. Sin esperar más ambos se tomaron de la mano y se retiraron con paso lento del lugar, de la misma manera en que habían llegado. El anciano detuvo a la mujer mientras que le decía.

—Esperemos que este si termine el juego...

A lo cual la enigmática mujer respondió con ese indescifrable acento que la caracterizaba.

—Así sea...

Después la pareja se perdió en la oscuridad de la noche.